REBELLE AU COEUR

LA LIGUE DES REBELLES

LAUREN SMITH

Traduction par
VALENTIN TRANSLATIONS

Titre original : His Wicked Embrace – Copyright Lauren Smith

Traduit de l'anglais (États-Unis) par Valentin Translation - Copyright 2023

ISBN: 978-1-960374-57-8 (version e-book)

ISBN: 978-1-960374-58-5 (version papier)

1

R*ègle de la Ligue numéro* II :
De temps à autre, un homme devrait se souvenir d'être gentleman, même s'il pense avoir oublié comment.

Extrait de *La Gazette de la Lorgnette*, 28 avril 1821, rubrique de Madame Société :

Un certain gentleman nommé Mr Lawrence Russell a piqué la curiosité de Madame Société. Son frère aîné, le marquis de Rochester, est déjà tristement célèbre pour son appartenance à la Ligue des Rebelles, mais concernant la personne de Mr Russell, les rumeurs vont bon train...

Madame Société aimerait savoir s'il compte se marier, ou bien s'il va continuer à faire comme son frère autrefois et refuser toute occasion de mariage ? Dans le premier cas, Madame Société tentera de lui trouver une épouse convenable ; dans le deuxième, elle perçoit son célibat affirmé comme un défi. Tout rebelle que vous soyez, Mr Russell, Madame Société trouve que vous ferez un bon époux. Alors... à qui vais-je vous unir ?

Tu m'appartiens, à présent.

Ce murmure résonnait encore dans la tête de Zehra Darzi quand elle se réveilla en sursaut. Au cours des vingt-quatre dernières heures, elle avait quand même réussi à dormir un peu dans sa prison dorée. Ces mots qui la hantaient lui faisaient toujours palpiter la tête alors qu'une nouvelle vague de peur la balayait. L'homme qui les avait prononcés avait assassiné ses parents et l'avait kidnappée dans son palais persan trois semaines auparavant.

Al-Zahrani. Son nom était comme un poison amer sur sa langue et elle contint une nausée. Elle n'était restée sa prisonnière que pendant quelques jours et l'avait écouté se vanter de l'avoir capturé et lui dire qu'il prévoyait d'en faire sa concubine, avant qu'elle ait eu l'occasion de s'enfuir.

Elle serra les poings et grimaça quand ses ongles s'enfoncèrent dans ses paumes. Quelques coupures pas encore refermées la brûlaient toujours. Elle avait escaladé une branche basse près des murs d'Al-Zahrani afin de s'échapper. Elle avait été si proche de sa liberté, l'avait senti à chaque pas alors qu'elle avait titubé et couru à travers les collines du désert !

Puis après deux jours sans manger et sans boire, elle s'était écroulée sur les dunes, les lèvres desséchées et craquelées, les yeux brûlants. À l'horizon, elle avait aperçu des cavaliers vêtus de sombre. Au début, elle avait pensé qu'ils étaient son salut, mais elle avait bientôt réalisé le contraire.

C'étaient des marchands d'esclaves.

À présent, elle était emprisonnée dans un bordel anglais à des milliers de kilomètres de chez elle.

Pour la centième fois, le regard de Zehra parcourut la pièce. Elle aurait souhaité que la femme qui veillait à son bien-être – si on pouvait appeler cela ainsi – lui amène une carafe d'eau fraîche. La gorge sèche, elle aurait été quasiment prête à tout pour une gorgée d'eau. La nuit était tombée et personne n'était passé la voir depuis tôt dans la matinée, quand les marchands l'avaient vendue à la tenancière de cet horrible endroit. Elle s'humecta les lèvres et refusa de pleurer.

Tu es forte. Tu es la fille d'un Shah et d'une dame anglaise. Personne ne te possède, peu importe ce qui se passera ce soir.

C'était le mantra qu'elle s'était répété sans relâche alors que les esclavagistes l'avaient raillée durant leurs longues journées en mer. Elle n'avait pas été la seule femme qu'ils avaient capturée, mais l'une des seules qu'ils avaient laissée intacte. Le nom de son père avait eu assez de poids pour lui offrir cette protection, du moins contre l'avidité des hommes.

Vendre une princesse persane nous fera un joli profit. Elle entendait toujours la voix moqueuse du capitaine alors qu'il enroulait une mèche de ses cheveux autour de ses doigts avant de lui écraser les seins sous ses mains baladeuses. Il l'avait alors jetée dans une chambre minuscule où elle avait passé les deux semaines qu'avait duré son voyage.

À présent, Zehra Darzi regardait la porte fermée qui la gardait prisonnière de sa nouvelle geôle. À travers les parois fines de sa chambre colorée, elle entendait des bruits de passion, des grognements masculins et des gémissements féminins ainsi que les sons sourds des meubles qui bougeaient de façon rythmique. La bile lui remonta dans la bouche. Elle essaya de ne pas se dire à quel point cette chambre minuscule était différente des pièces colorées et ouvertes ainsi que des jardins de roses de son ancienne demeure.

Au moins, tu as échappé à Al-Zahrani. Ici, il ne pourra pas te retrouver. Elle espérait que ce soit vrai. Durant sa brève captivité, il s'était vanté de pratiquer l'esclavage, comme tant d'hommes puissants dans la région. Il lui avait également dit que les pays de l'Occident payaient rubis sur ongle pour avoir des beautés étrangères. Cependant, il lui avait assuré qu'il ne la vendrait jamais, car il voulait avoir le plaisir de briser sa résistance lui-même.

Aucun homme ne briserait *jamais* sa résistance.

Zehra contempla cette satanée poignée de porte, s'imaginant qu'elle s'ouvrirait par magie, mais même alors, elle savait que s'échapper serait impossible. Quand on l'avait escortée jusqu'à cette pièce, deux colosses montaient la garde à l'extérieur. Leurs visages sans expression l'avaient effrayée. Elle doutait qu'ils aient bougé depuis.

Pour la dixième fois depuis qu'elle avait été jetée dans cette chambre, elle s'assit sur le lit et essaya de calmer la peur qui bouillonnait en elle. Elle ne parvint pourtant pas à rester assise alors que sa vie et sa liberté étaient en jeu. Zehra passa ses options en revue. Elle avait tenté de les soudoyer, mais la tenancière et son troupeau de gourgandines avaient ri quand Zehra leur avait promis des richesses qui dépassaient leurs rêves les plus fous. On l'avait froidement informée que sa seule valeur était l'argent qu'elle rapporterait à la vente aux enchères de la soirée. Quand Zehra leur avait dit qu'elle était à moitié anglaise et issue de l'aristocratie, elles avaient redoublé d'hilarité, manifestement incrédules. Sa peau était trop olivâtre, ses cheveux noir de jais et ses traits plus exotiques. À leurs yeux, elle n'était pas une rose anglaise.

Je suis peut-être une femme, mais je me battrai avant de m'abandonner au désespoir.

Son dernier espoir – faible, mais pas impossible – était de trouver un gentleman à la vente aux enchères de ce soir qui l'écouterait et la croirait quand elle lui dirait qu'elle se trouvait là contre sa volonté. Elle ne pouvait pas devenir esclave, car l'esclavage était illégal en Angleterre. Bien entendu, la tenancière lui avait rappelé que les Anglais gardaient de sombres secrets... tels que des esclaves. Elle espérait pourtant qu'il y aurait un homme ce soir qui la prendrait en pitié et la libérerait.

La poignée cliqua quand le verrou s'ouvrit. Zehra se raccrocha à la colonne du lit, ses doigts s'enfonçant dans le bois. Elle poussa un soupir de soulagement quand une femme portant une perruque blonde bouclée pénétra dans la pièce. La poudre rouge qui recouvrait le fond de teint blanc de ses joues était assortie à sa robe rouge ravissante.

— La tenancière dit qu'tu dois porter ça ce soir. Je vais t'aider.

La femme posa la robe sur le lit et cala les mains sur ses hanches.

— Et pas d'entourloupes ! Les gardes sont dehors et ils te rattraperont vite si tu essayes de t'enfuir.

Zehra scruta le visage pâle de cette femme. Sa pitoyable perruque blonde était arrangée en une coiffure négligée et ses bras étaient maigres. Sa minceur était maladive. Zehra était une femme forte et plantureuse. Elle n'aurait aucun mal à la maîtriser, mais pas les gardes au-dehors.

— J'ai *dit* pas d'histoire, lâcha la femme. Je t'ai vue regarder vers la porte. Allez, dépêche-toi.

Elle désigna la robe qu'elle avait jetée sur le lit.

— Très bien.

Levant la main vers les boutons à l'avant de sa robe, elle commença à les retirer de leurs petites boutonnières. La femme attendit que Zehra ait retiré sa robe de voyage bleu pâle avant de l'aider à enfiler celle de soirée en satin rouge. Elle seyait à la silhouette plantureuse de Zehra, mais à l'instant où celle-ci l'enfila, une vague de nausée la saisit. Elle ferma les yeux, inspirant profondément le temps que le malaise se dissipe.

— Ça ira, non ? demanda la femme en adressant à Zehra un signe du menton.

Celle-ci contempla son reflet dans le miroir accroché dans le coin, près de la fenêtre fermée. La soie rouge faisait ressortir la teinte olivâtre de sa peau, mais son corsage était dangereusement bas. Elle avait été élevée dans un pays où les femmes ne s'habillaient pas de la sorte et elle savait par sa mère que les Anglaises ne portaient pas non plus de décolletés aussi profonds.

— Rien à faire pour les chaussures !

La blonde regardait les bottes noires pratiques de Zehra.

— Et tes cheveux... Il n'y a personne ici qui sache faire des coiffures comme les jolies dames.

Si elle avait hérité des yeux bleu clair et des lèvres pulpeuses de sa mère, Zehra tenait de son père ses traits persans et ses cheveux noir corbeau. Quelques jours auparavant, confinée dans la cabine d'un bateau, elle s'était fait un chignon lâche avec des épingles et elle ne l'avait plus touché depuis. Elle ajusta les épingles à la hâte.

— C'est bon. Dans quelques heures, ça ne comptera plus. Pas quand tu seras sur le dos à t'offrir à un gentleman. Ça va probablement être cet homme basané.

Zehra avait écouté ses bavardages d'une oreille distraite jusqu'à ce qu'elle entende le mot *basané*.

Elle agrippa le bras de l'autre femme.

— Quoi ? Quel homme ?

La prostituée la fusilla du regard et Zehra la lâcha.

— Un homme qui parlait de toi à la tenancière. Il est plus foncé que toi. Quand il a découvert que tu avais été vendue ici, il a même essayé de t'acheter. Il a dit que tu lui appartenais.

Les mots d'Al-Zahrani tranchèrent le fin voile d'espoir auquel elle s'était raccrochée. *Tu m'appartiens, à présent.*

— Qu'a-t-il dit, exactement ? A-t-il mentionné son nom ?

— Son nom ? Je ne l'ai pas entendu. Quelque chose d'étranger, de bizarre, tu sais.

La femme tira sur sa robe, mais elle était trop froissée pour être récupérable.

— Il est déjà venu. Il vend des filles comme toi tout le temps quoiqu'il n'en achète généralement pas. Il était vraiment furieux que quelqu'un d'autre t'ait vendue à nous. La tenancière lui a dit qu'il faudrait qu'il participe à la vente aux enchères comme tout le monde.

Non... Seigneur ! Non ! C'était Al-Zahrani. Forcément ! Un étrange goût de rouille lui remplit la bouche et ses paumes se couvrirent de sueur. Il l'achèterait ce soir. Il paierait n'importe quelle somme pour elle. Et puis...

— Bon, suis-moi.

La femme se dirigea vers la porte et Zehra la suivit en touchant du doigt le petit médaillon doré autour de son cou. Seul objet de valeur qu'il lui restait, il contenait le portrait de ses parents. Al-Zahrani n'avait vu aucun avantage à le lui prendre quand il l'avait enlevée et les trafiquants du bateau ignoraient qu'elle l'avait dissimulé dans ses jupes. L'or était chaud sur sa peau et elle traça du doigt les motifs floraux complexes, regrettant plus que tout au monde que ses parents ne soient plus là. Elle aurait aimé se retrouver dans son lit, réaliser que tout ceci n'était qu'un horrible cauchemar.

Le bordel était décoré d'un papier peint en satin rouge. Des appliques dorées illuminaient le couloir tandis que la prostituée guidait Zehra vers une porte au bout du couloir. Trois serviteurs musclés se tenaient derrière elle, empêchant toute tentative d'évasion. Zehra serra les poings dans les plis de sa jupe pour les empêcher de trembler. La porte s'ouvrit et une vague de sons la frappa. Des hommes riaient et parlaient dans l'intérieur sombre de la pièce. Il y avait une petite scène équipée d'une chaise. Al-Zahrani était sûrement tapi dans l'obscurité, attendant comme un loup prêt à bondir.

La blonde la poussa vers la scène.

— Va t'asseoir.

Zehra gardait la tête baissée, même si l'éclairage sur la scène l'empêchait de distinguer un seul des hommes.

— Nous entamons les enchères de ce soir par un joli cadeau pour les messieurs, dit un Anglais en ricanant. Mettez-vous-en plein la vue avec cette princesse persane. Quels plaisirs cette beauté virginale connaîtra-t-elle dans votre lit ? Les enchères commencent à cinq cents livres.

Elle sentit son cœur marteler quand les hommes lancèrent les enchères. Les sommes se faisaient de plus en plus importantes. Les parfums tenaces du tabac et de l'alcool alourdissaient l'atmosphère, remplissant ses narines d'une puanteur qui lui était insupportable. Elle voyait les ombres des hommes au-delà du rond de lumière du lustre. Ils rôdaient à la périphérie de sa vision comme des créatures nées dans l'obscurité. Des rires rudes résonnaient dans la pièce, offrant une symphonie macabre aux sons du bordel. Zehra se concentra sur les enchères, essayant de ravaler sa panique en se récitant les chiffres dans la tête, sans relâche.

— Deux mille livres !

La voix d'Al-Zahrani traversa la pièce. Elle était immanquable. Zehra ne bougea pas, n'eut pas le moindre mouvement de recul même si une partie d'elle s'était transformée en glace.

Je vous en prie, faites que quelqu'un enchérisse contre lui. Le diable en personne serait préférable.

— Deux mille ?

Une voix de velours toute proche ricana.

— Par le ciel, cette beauté vaut bien davantage ! Sept mille !

Elle faillit lever la tête, se demandant qui dépenserait autant pour devenir son maître, mais elle s'en abstint. Son regard n'aurait jamais percé la pénombre. Al-Zahrani allait-il enchérir contre l'autre homme ?

Je vous en prie, laissez ce diable l'emporter, quel qu'il soit. Je préférerais que ce soit lui qui devienne mon maître.

Le silence s'abattit sur la pièce alors que celui qui venait d'enchérir avec sept mille livres éclatait de rire.

— Personne n'est assez courageux pour surenchérir, hein ?

Cette voix qui évoquait un feu crépitant en plein milieu de l'hiver la fit rougir.

L'homme qui menait les enchères se rapprocha de la scène.

— D'autres propositions ? Sept mille une fois...

Il marqua un temps d'arrêt interminable.

— Deux fois...

Zehra ne respirait plus.

— *Vendue* au gentleman pour sept mille livres. Une fois que vous aurez payé pour votre dame, vous pourrez l'emporter.

Zehra leva enfin la tête. Elle scruta désespérément l'obscurité qui l'entourait, mais ne distingua que des formes vagues.

— Par là.

Le vendeur lui serra cruellement le bras et l'entraîna au bas de la scène, ignorant le cri qu'elle poussa. Elle tituba.

— Arrêtez ! gronda un homme près d'elle alors qu'une main lui saisissait l'autre bras.

Ferme, mais douce, elle essayait de la remettre droite.

— Refaites-lui mal et je vous dégomme, c'est compris ? Je ne veux pas que mon bien soit abîmé.

— Bien entendu.

Le vendeur desserra rapidement sa prise. Zehra savait qu'elle aurait des bleus le lendemain.

— Vous sentez-vous bien, ma chère ? demanda l'homme.

Elle plissa des paupières, ses yeux s'ajustant doucement à l'obscurité. Elle aperçut un grand gentleman séduisant aux cheveux roux. Elle avait prié pour qu'un diable vienne la secourir et elle en avait trouvé un. Elle regarda autour d'elle, craignant de voir qu'Al-Zahrani attendait de pouvoir l'enlever.

— Oui... Je...

Elle déglutit sans trop savoir quoi dire d'autre.

— Bien. Attendez-moi. Je ne serai pas long. Je vous promets de ne laisser personne vous faire du mal.

L'homme se tourna et disparut dans la foule.

Il ne laisserait personne lui faire du mal ? Elle sentit en elle une bouffée d'espoir si forte qu'elle faillit sourire. Elle était à la merci de ce bel inconnu. Il lui rendrait peut-être sa liberté et alors, elle retrouverait la famille de sa mère.

— Viens par ici, gronda le vendeur en lui reprenant le bras – moins fort cette fois –, pour la ramener jusqu'à sa chambre. Zehra entendait à peine les grommellements de cet homme. Elle se disait simplement que cette soirée ne serait peut-être pas aussi terrible qu'elle l'avait craint. Si elle parvenait seulement à convaincre celui qui l'avait achetée de l'aider, elle garderait une chance de survivre.

— Il reviendra te chercher une fois qu'il aura payé. En supposant qu'il possède une telle somme, ajouta le vendeur en ricanement. Aucun gentleman n'a jamais payé autant pour une jolie fille comme toi. J'espère que tu en vaux la peine, parce que la tenancière refuse de rendre son argent à qui que ce soit.

Le vendeur rit doucement, un son qui érailla les oreilles de Zehra alors qu'il lui refermait la porte de la chambre au visage.

Zehra déglutit fort. La finalité du son du verrou qui se remettait en place la remplit de terreur, mais elle se raccrocha à l'espoir que lui avait donné son sauveur. Elle colla le front contre le bois, retint sa respiration en ravalant ses larmes. Terrifiée, elle était également pleine d'espoir et très fatiguée, mais ce soir, tout se passerait peut-être bien.

Je vous en prie... faites qu'il soit un homme bon qui me sauvera d'Al-Zahrani.

~

Lawrence Russell méprisait la Maison Blanche de Soho. Comptant parmi les bordels les moins renommés de Londres, il avait un côté sombre qui faisait frissonner de dégoût même les rebelles aguerris tels que lui. Il préférait largement le Jardin de Minuit, qui ne versait pas tant dans la prostitution que dans la mise en relation des ladies et des gentlemen aristocrates aux désirs similaires.

Quand je séduis une femme, c'est par désir mutuel, pas pour une transaction monétaire.

Aucune maîtresse n'avait jamais exigé de beaux vêtements ou des bijoux. Elles l'avaient seulement prié de ne jamais quitter leurs lits. Et il avait été ravi de les contenter pendant aussi longtemps qu'il l'avait pu.

Il observa la foule qui occupait la pièce de jeux de cartes plongée dans la pénombre. Les tables avaient été écartées d'environ trois mètres pour faire de la place à une petite scène, assez grande pour accueillir une personne sur la chaise positionnée en son centre. La pièce était remplie d'hommes et de la fumée montait paresseusement de leurs cigares allumés alors qu'ils parlaient et buvaient. Il reconnut plusieurs visages. Heureusement, il n'y avait personne qu'il aurait considéré comme un ami proche. La vente aux enchères de ce soir... Ce concept suffisait à retourner l'estomac de Lawrence.

Il ne serait pas venu sans cette lettre d'Avery, son plus jeune frère, qui lui disait de venir ce soir-là et de noter quels hommes achetaient de la marchandise lors des enchères privées qui s'y tiendraient.

Sur le coup, Lawrence n'avait pas compris que la marchandise serait des *esclaves*. Il avait espéré contribuer à enrayer une autre activité honteuse... mais l'esclavage ? Et pas un simple esclavage, il était d'une nature intime.

L'esclavage avait été proscrit en Angleterre, du moins publiquement. Ce soir-là pourtant, des femmes seraient vendues au plus offrant comme des chevaux à Tattersall's et seraient sans doute traitées avec moins d'égards. L'idée que des femmes subissent ce genre de destin le mettait en rage. Il *adorait* les femmes. C'étaient des créatures ravissantes et délicates qui méritaient d'avoir des amants prévenants, espiègles et stimulants au lit... Pas cette injustice !

Quand il avait entendu les murmures des autres hommes présents, son cœur avait commencé à se remplir d'appréhension. Avery était censé arriver juste après les enchères afin d'arrêter les hommes qui avaient acheté ces femmes et les placer en état d'arrestation.

Mais si Avery arrivait trop tard ? Et si certains de ces individus parvenaient à partir avant que la vente ne se termine et qu'ainsi les femmes ne puissent pas être secourues ? Il essayait de se concentrer et de rester calme, mais des centaines de nouvelles terreurs l'envahirent. Il devait cataloguer tous ceux qui feraient une offre, pas seulement ceux qui achetaient une esclave.

Un des hommes qui gérait la Maison Blanche s'approcha de la scène et ajusta la petite chaise élégante sur le podium. Un silence s'abattit sur la foule. La tension qui alourdit l'atmosphère était si épaisse que Lawrence eut l'impression d'étouffer.

— Nous allons bientôt commencer, gentlemen. Soyez patients.

Autour de lui, le murmure des conversations reprit. Il avait encore le temps avant le début des enchères. Lawrence s'adossa contre un mur, près de la porte la plus proche, afin d'avoir une issue rapide. Il voulait partir dès que cette scène horrible serait terminée.

À côté de lui, la porte s'ouvrit en grinçant et une femme à la chevelure blond foncé guida à l'intérieur une autre vêtue de rouge. En route vers la scène, elles passèrent près de lui. Le satin murmura contre ses bottes quand la seconde femme le frôla au passage et une bouffée d'eau de rose lui taquina les narines. Il la regarda s'avancer vers la scène, suivant ses mouvements, détestant l'idée que cette femme puisse subir ce destin. Cela suffisait à rendre malade n'importe quel homme décent.

Lawrence aspira une goulée d'air quand la femme fut baignée de lumière en s'approchant du petit dais. Les hommes la reluquèrent et certains crièrent des suggestions cruelles de ce qu'ils aimeraient lui faire. Comme dans un rêve, Lawrence s'approcha d'elle et de la scène. Ses cheveux noir corbeau et sa peau légèrement olivâtre étaient exquis, même sous l'éclat de l'unique lustre au-dessus de sa tête. Sa robe de satin rouge embrassait toutes ses courbes, ne laissant pratiquement rien à l'imagination. Loin d'avoir l'air vulgaire, cette femme était irrésistible.

Autour de lui, les murmures s'élevèrent parmi les hommes qui regardaient avec avidité le lot sur lequel ils avaient bientôt l'intention d'enchérir. Lawrence réprima l'envie de courir vers cette femme, de l'attraper et de s'enfuir après avoir jeté tous les hommes présents du haut d'une très haute falaise.

Quand elle retroussa ses jupons pour grimper sur le dais, il entrevit une paire de bottes noires pratiques qui couvraient ses chevilles graciles. Son corps reprit vie et sa propre excitation lui fit honte.

Ne la regarde pas, regarde les hommes. C'est d'eux que tu dois te souvenir.

Il commença à détourner son attention de la femme puis il aperçut son visage. Son cœur s'apaisa dans sa poitrine. C'était comme si tout autour de lui s'était figé, emprisonné entre deux inspirations alors que son regard se perdait sur le visage de la femme. Il y avait quelque chose dans ses traits féminins et exotiques qui l'attira. Elle avait des pommettes hautes et légèrement arrondies, une bouche sensuelle, des sourcils bien tracés et des yeux d'un bleu choquant qui étaient si clairs qu'ils brillaient comme des saphirs à la lumière qui éclairait son visage.

Quelque chose remua au plus profond de lui comme des fragments d'un rêve oublié depuis longtemps, ou peut-être les fils d'une tapisserie partiellement défaite. Était-il possible de reconnaître quelqu'un qu'il n'avait jamais rencontré ? Cette étrange sensation ne déclina pas, ce qui le dérouta. Il ne l'avait jamais rencontrée, il en était certain, alors pourquoi avait-il pourtant la sensation que c'était le cas ? Ou bien non...

Enfer et damnation ! Il ne parvenait pas à comprendre ce que son esprit et sa mémoire tentaient de lui dire.

Un des employés de la Maison Blanche vint se placer près de la scène.

— Nous entamons les enchères de ce soir par un joli cadeau pour les messieurs.

Ses mots et la beauté délicieuse qui se tenait sur scène captivèrent l'attention de tous les hommes présents.

— Mettez-vous en plein la vue avec cette princesse persane. Quels plaisirs cette beauté virginale connaîtra-t-elle dans votre lit ? Les enchères commencent à cinq cents livres.

Lawrence déglutit fort alors que les hommes qui l'entouraient se mettaient à enchérir.

Tu ne dois pas intervenir. Tu ne dois pas.

C'était bien trop familier. Il se rendit compte que ce n'était pas cette femme qu'il connaissait, mais les sensations qui entouraient cette mascarade. La peur, la panique, sa propre impuissance à faire quoi que ce soit pour l'arrêter. À l'époque, il avait été trop jeune, trop jeune et trop tardif pour sauver une femme qui avait eu besoin que quelqu'un l'aide. N'importe qui. *Son* aide.

Je ne tolérerai pas que cela se reproduise.

Il regarda la femme sur scène, observant son visage pâle et stoïque alors qu'elle écoutait les bruits de ces hommes qui voulaient la faire sienne. Resserrées sur ses jupes, ses mains tremblaient légèrement. Elle dissimulait très bien la terreur qu'elle devait ressentir et il ne put s'empêcher de l'admirer. C'est à cet instant qu'il prit sa décision.

Je ne peux pas la laisser à ces loups. Je ne vais pas laisser le passé se répéter.

Il devait agir. Au diable l'injonction de son frère de rester simple observateur ! Lawrence jeta un regard à la femme et se força à dissimuler son anxiété pour devenir le rebelle scandaleux et décontracté que le reste du monde connaissait. Il devrait se montrer convaincant dans ce rôle, sans quoi il risquerait de la perdre au profit d'un autre homme.

Accrochez-vous, ma chère. Je vais vous sauver.

2

Lawrence n'avait aucune envie de participer à cette horrible vente d'esclaves, mais si la dame rentrait avec un de ces hommes, ils la forceraient à faire des choses auxquelles elle se refuserait. Cette pensée était intolérable.

Quand il n'avait que dix-sept ans, au seuil de l'âge adulte, il s'était aventuré dans un bordel tel que celui-ci. Il se considérait alors comme un garçon viril à qui tout était dû, impatient de recevoir autant de plaisir que son porte-monnaie pourrait le lui permettre. Sa tête avait été remplie d'images de jeunes femmes qui lui faisaient picorer des baies sur un canapé, se soumettant volontiers à ses avances, tandis que tous participeraient à une nuit qu'ils n'oublieraient pas de sitôt.

Au lieu de cela, il avait vu des femmes qui se vendaient pour survivre. Il n'était pas difficile de voir le désespoir dans les performances de celles qui ne voulaient pas être là, ou le vide de celles qui avaient lâché les armes et ne connaissaient pas d'autre vie. Le pire était les hommes qui ne les traitaient guère mieux que du bétail.

Cette nuit-là, il avait vu une femme – le propriétaire hagard avait affirmé avec audace qu'elle effectuait sa première nuit – se faire entraîner hors de la pièce par une brute qui avait payé pour être le premier à l'avoir. Elle l'avait prié de ne rien faire en disant qu'elle était ici contre son gré, mais il l'avait frappée au visage avant même d'avoir quitté la pièce. Lawrence avait entendu les hommes qui l'entouraient rire de son infortune. Il était resté figé, incapable d'intervenir, trop jeune et effrayé. Depuis, la scène le hantait quotidiennement.

Il avait quitté cet endroit à la hâte, dégoûté par tout ce qu'il représentait. Il n'avait jamais raconté à personne sa honte secrète. Ce n'est que lorsqu'il avait entendu parler du Jardin de Minuit et de ses courtisanes qu'il avait découvert qu'il existait de meilleurs établissements. Quoi qu'il en soit, son expérience de la prostitution l'en avait écœuré pour toujours.

— Deux mille livres ! s'écria un homme près de la scène.

Cette offre audacieuse ramena Lawrence à la réalité. Il se rapprocha pour mieux voir l'individu. Avec ses cheveux sombres, sa peau olivâtre et un accent marqué, il ne venait certainement pas d'Angleterre. L'homme regardait la femme avec un intérêt plein de désir et Lawrence frissonna. La note de cruauté dans son sourire froid lui glaça le sang et le ramena à cette nuit distante au bordel. Il ne pouvait laisser cet homme la posséder. Impossible !

Lawrence s'avança et parvint à pousser un ricanement.

— Deux mille ? Par le ciel, cette beauté vaut bien davantage ! Sept mille !

Il s'écarta du mur contre lequel il était resté appuyé et se rapprocha de l'estrade, forçant plusieurs autres personnes à se pousser. Lawrence devait faire bonne impression sur le reste des occupants de la pièce ou bien affronter une guerre d'enchères qu'il risquait de perdre.

Un silence tomba sur l'assistance tandis qu'il se concentrait seulement sur la femme assise sur l'estrade. C'est lui qui devait la ramener chez lui et la libérer.

— Personne n'est assez courageux pour surenchérir, hein ? dit-il alors du ton le plus assuré qu'il put invoquer.

Il ne reçut aucune réponse, pas même un murmure. On aurait pu faire tomber une plume que le son aurait résonné dans toute la pièce comme un coup de canon.

— D'autres propositions ? demanda le vendeur à la cantonade. Sept mille une fois...

Lawrence serra les poings.

— Deux fois...

Sur l'estrade, la femme avait arrêté de respirer, le visage aussi immobile qu'une statue. Elle devait être terrifiée. *Accrochez-vous, ma chère. Juste quelques secondes de plus.*

L'avidité illumina le visage du vendeur quand il désigna Lawrence du doigt.

— *Vendue* au gentleman pour sept mille livres. Une fois que vous aurez payé pour votre dame, vous pourrez l'emporter.

Cherchant à l'apercevoir, la femme leva les yeux, alors Lawrence s'avança, espérant lui montrer son visage pour qu'elle n'ait pas peur. Puis le vendeur l'attrapa par le bras et l'entraîna au bas de l'estrade. Lawrence la vit tituber. Un éclair de peur passa dans ses yeux magnifiques et il réagit instantanément.

— Arrêtez ! hurla-t-il en saisissant doucement l'autre bras de la femme.

Il fusilla le vendeur du regard.

— Refaites-lui mal et je vous dégomme, c'est compris ? Je ne veux pas que mon bien soit abîmé.

— Bien entendu.

Le visage du vendeur devint cendreux… avec raison. Le sang de Lawrence bouillonnait de fureur.

Il braqua son attention sur la femme le temps que sa colère retombe.

— Vous sentez-vous bien, ma chère ?

Elle le regarda en plissant les yeux et il se rendit compte que les lumières vives suspendues au-dessus de la scène l'empêchaient certainement d'y voir correctement.

— Oui… Je…

Sa voix était satinée, mais tous les mots résonnaient de peur.

— Bien. Attendez-moi. Je ne serai pas long. Je vous promets de ne laisser personne vous faire du mal.

Il lui lâcha le bras à contrecœur et retourna à grands pas à l'arrière de la pièce où une autre porte menait au bureau de la tenancière. Une femme rondelette était assise à un bureau. Elle écrivait des noms et des chiffres dans un livre de comptes et quand il entra, elle lui accorda à peine un regard.

— Je suis venu payer ma... marchandise.

Il s'étrangla sur ce dernier mot.

— Ah oui ?

La femme leva enfin la tête. Ses yeux sombres se braquèrent sur lui pour observer ses beaux atours comme si elle évaluait sa capacité à payer.

— Tenez. Voici un billet de banque.

Il écrivit une somme conséquente, certain d'avoir les fonds. Second fils d'un marquis, il avait appris très tôt l'importance des investissements. Il ne souhaitait absolument pas demander de l'argent à Lucien, son frère aîné. Celui-ci lui aurait donné tout ce qu'il lui aurait demandé, mais Lawrence avait sa fierté.

— Je vous remercie.

La tenancière récupéra le billet et le congédia d'un geste de la main. De toute évidence, il ne méritait pas plus d'attention qu'il en avait fallu pour procéder à l'achat. La Maison Blanche était profondément différente du Jardin de Minuit, sans l'étreinte chaleureuse de

Madame Chanson quand elle saluait ses invités. Elle basait intégralement sa maison sur le bouche à l'oreille et n'engageait que des ladies et des gentlemen qui étaient professionnels, pas en recherche d'argent. C'étaient de vrais *cortigiane oneste*, dont les compétences s'étendaient au-delà des simples plaisirs de la chair. L'élite de Londres choisissait le Jardin de Minuit quand ils voulaient des plaisirs sains non pollués par ce que Lawrence appelait « les eaux troubles ». Ce n'était pas en référence aux femmes, mais plus aux hommes qui fréquentaient ces établissements et aux maladies qu'ils y propageaient souvent.

Lawrence sortit du bureau de la tenancière et remarqua la blonde aux cheveux sales qui avait escorté la femme jusqu'à l'estrade.

— Pardonnez-moi, Mademoiselle. Pouvez-vous m'emmener jusqu'à la chambre de la femme que j'ai...

Encore une fois, il ravala ces paroles dégoûtantes.

— Achetée ? proposa la femme avec un sourire entendu.

Lawrence fronça les sourcils, mais il hocha la tête.

— Par ici, mon chéri. Celle-ci est une *véritable* beauté. Mais gardez vos couteaux et vos pistolets hors de portée, si vous voyez ce que je veux dire. Elle a le feu dans les yeux. Elle tentera probablement de vous trancher la gorge à la seconde où vous serez endormi.

Machinalement, Lawrence leva la main et joua avec sa cravate alors qu'ils parvenaient à une porte au bout du couloir. La femme glissa une vieille clé en laiton dans la serrure, la fit tourner jusqu'à ce qu'elle clique puis s'écarta afin de le laisser entrer. Il referma la porte derrière lui et remarqua la jeune femme qui se tenait dans le coin opposé de la pièce.

Elle avait placé le lit entre eux. Ses mains étaient légèrement levées, comme si elle était prête à le frapper pour se défendre. Il était tiraillé entre la déception devant sa peur et l'admiration devant sa fougue. Une femme qui se battait forçait son respect.

Il leva ses propres paumes.

— Rassurez-vous, ma chère. Je ne vais pas vous faire de mal. Je n'avais même pas l'intention de...

Elle le regarda. Ses yeux bleus étaient si frappants qu'il perdit le fil de ses pensées. Il se reprit.

— Comment vous appelez-vous ? demanda-t-il.

La femme garda le silence pendant un long moment.

— Zehra Darzi.

— Miss Darzi, je suis Lawrence Russell.

Il se rapprocha d'un pas et même si elle battit en retraite comme un poulain nerveux, ses yeux promettaient le danger s'il ne s'arrêtait pas.

— Comme je l'ai dit, je n'ai aucun désir de vous faire du mal.

— Si vous le dites.

Elle parlait bien anglais, mais elle avait également un accent marqué qu'il ne parvenait pas à reconnaître. Cette touche étrangère rendait sa voix envoûtante et mystérieuse.

— Soyez certaine que je tiens ma parole. Je vous ai achetée pour vous sauver des autres hommes. Je n'abuserai pas de vous Ni maintenant, ni jamais.

Zehra haussa un sourcil sombre.

— Un homme ardent avec un visage angélique qui ne souhaite *pas* coucher avec moi ? Je ne sais pas si je vous crois. Les hommes avenants comme vous souhaitent *toujours* coucher avec des femmes.

Il ne put s'empêcher de sourire.

— Vous me trouvez avenant ?

Il avait conscience de son pouvoir de séduction sur le beau sexe, mais l'entendre de la bouche de cette femme était plus que de la simple flagornerie.

— Vous savez que vous l'êtes, Mr Russell.

Il la scruta en inclinant la tête.

— « *Avec des cheveux sombres comme l'aile d'un corbeau et des yeux tels des pierres de lune polies, elle m'entraîne dans des brumes matinales fantasmagoriques* ».

Il venait de citer un vieux poème dont il se souvenait à peine, hormis cet unique vers.

— « La demoiselle corbeau » ? demanda-t-elle. William Helms. Un poème méconnu, n'est-ce pas ?

— En effet, dit-il, ébahi qu'elle le connaisse. Un des préférés de ma mère. Elle me le récitait souvent quand j'étais petit, mais je ne me souviens absolument pas d'autre chose.

— Ma mère aussi m'a enseigné ce poème, murmura Zehra dont les yeux bleus enchanteurs s'assombrirent quand elle le regarda.

— Oh ? C'est curieux. Je...

Ce qu'il avait prévu de dire fut interrompu par le son d'un remue-ménage à l'extérieur. Il ouvrit la porte et vit plusieurs prostituées qui s'enfuyaient dans le couloir. L'une d'elles était la blonde qui l'avait amenée ici. Il l'attrapa par le bras quand elle le dépassa en courant.

— Que se passe-t-il ?

— La police ! Ils font une descente dans la maison. Vous devriez sortir rapidement. Ils renverront votre femme sur le bateau s'ils la trouvent ici.

La femme se libéra de sa prise et s'enfuit dans le couloir.

— Il était temps ! marmonna Lawrence.

Les agents les trouveraient et il pourrait ramener Zehra chez elle, ou du moins, ils la mettraient sur un bateau qui l'y ramènerait.

— *Je vous en prie.*

La voix de Zehra lui provint d'un endroit directement derrière lui. Quand il se retourna, elle lui saisit le bras avec une force étonnante.

— Je vous en prie, ne les laissez pas me renvoyer. Je vous accompagnerai chez vous.

Son regard implorant était presque impossible à dénier.

— Mais vous serez en sécurité et...

Elle secoua la tête.

— Non, pas du tout. Je dois rester ici. Avec vous.

On entendit d'autres cris devant leur porte.

Lawrence n'avait que quelques secondes pour prendre une décision.

— Rentrer chez vous serait dangereux ?

Elle secoua la tête, mais ne fournit pas de plus amples explications.

— Vous souhaitez vraiment rester avec moi ?

— Oui. Si vous tenez parole.

Elle lui serra à nouveau la main et il lui rendit ce geste.

— Très bien. Faisons vite et restons discrets. Nous devons échapper aux hommes. Si on arrive à atteindre la rue, je serais peut-être capable de vous faire sortir sans être détecté.

Il lui tendit la main, se délectant de sentir sa peau chaude contre la sienne alors qu'ils se précipitaient dans le couloir, dans la même direction que la troupe de courtisanes avait empruntée plus tôt. Plusieurs portes étaient ouvertes et les hommes se rhabillaient à la hâte. Certains sortaient par les fenêtres.

Lawrence trouva une porte qui donnait sur les jardins à l'arrière.

— Par là.

— Vous en êtes sûr ? demanda Zehra.

— Absolument.

Du moins l'espérait-il. Depuis qu'il était en âge de séduire des femmes, il avait dû s'enfuir de bien d'une maison par les jardins. Ce n'était pas la première fois qu'il avait escaladé une haie ou bataillé pour traverser des buissons de roses ou de rhododendrons. Zehra et lui avancèrent à l'aveuglette à travers le labyrinthe sombre des buissons jusqu'à ce qu'ils se retrouvent dans les ruelles entre la Maison Blanche et l'édifice voisin.

— Attendez ici le temps que je trouve un fiacre.

Il la fit s'avancer dans la pénombre et elle s'aplatit contre le mur. Pendant un moment, leurs regards se croisèrent et il vit que la peur et la confiance luttaient l'une contre l'autre.

— Ne devrions-nous pas nous dépêcher ? demanda-t-elle avec un murmure tremblant.

— Très bien, marmonna-t-il avant de se précipiter dans l'allée vers la rue.

Zehra retint son souffle alors qu'elle attendait dans les ombres. Autour d'elle, elle entendait les buissons bruire et réprima l'impulsion de s'enfuir. C'est là qu'elle entendit *sa* voix.

— Quelle impertinence ! Quelle *arrogance* ! Cela ne restera pas impuni. Je la retrouverai. L'homme qui l'a achetée a dû signer son nom dans le livre de la tenancière. Nous viendrons demain, je découvrirai son nom, et quand je le trouverai...

Sa voix se changea en un grognement bas.

— Je l'égorgerai et récupérerai ce qui m'appartient.

— Oui, Monsieur, répondit l'autre homme avec un accent anglais rude. Mais ça ne s'rait pas dangereux ?

D'égorger quelqu'un ? On pourrait vous attraper et vous pendre.

La voix d'Al-Zahrani traversa les buissons, et Zehra ferma les yeux, combattant l'impulsion de s'enfuir et ainsi de trahir sa présence.

— Je tuerai tout homme qui se dressera en travers de ma route, vous comprenez ? Elle a de la famille ici. Elle finira certainement par les contacter. Demandez à des hommes de surveiller leur demeure, de jour comme de nuit. Informez-moi de quoi que ce soit d'inhabituel. Dès que je la retrouverai, je la récupérerai par tous les moyens possibles.

Non... Les yeux de Zehra commencèrent à se remplir de larmes. Pour arriver jusqu'à elle, il tuerait des hommes et des femmes innocents ; sa propre famille... une famille qui ne savait peut-être même pas qu'elle existait. Zehra se plaqua davantage contre les hautes haies, essayant, pour le moment, de ne pas exister.

Je vous en prie, faites qu'il ne me trouve pas. Elle pria le ciel de lui accorder ne serait-ce que cette faveur.

Al-Zahrani et son homme s'éloignèrent, mais elle n'osa pas bouger. Elle pria pour que Lawrence vienne la chercher bientôt.

Lawrence s'immobilisa sur une glissade quand il atteignit le trottoir. Un certain nombre d'agents de police se trouvait toujours sur les marches de la Maison Blanche.

— Bon sang !

Il attendit, observant les hommes pendant ce qui lui parut être une éternité avant qu'ils aillent rejoindre les autres à l'intérieur du bordel.

— Il était temps.

Il descendit rapidement la rue, essayant de rester discret, ce qui était difficile à minuit. Il trouva une calèche prête à prendre des passagers et fit signe à l'homme de descendre l'allée pour le rejoindre. Puis il retourna discrètement dans l'allée pour retrouver Zehra. Elle l'attendait là où il l'avait laissée. Quand il se rapprocha suffisamment pour lui prendre la main, il remarqua qu'elle tremblait.

— Vous devez avoir froid.

Avant qu'elle ne puisse protester, il avait retiré son manteau et l'avait glissé sur ses épaules.

— Par là. J'ai trouvé une calèche. On doit agir rapidement si on veut monter sans être vus.

Il lui prit le bras et la guida jusqu'au véhicule. Avant de grimper à l'intérieur, il lui prit le menton et lui fit lever la tête.

— Comprenez-moi bien, vous n'êtes pas forcée de venir. Vous êtes libre de partir. Avez-vous des amis ici ? Quelqu'un qui pourrait vous accueillir ? Je serais ravi de vous emmener où vous souhaitez aller.

Zehra lui prit la main, un geste qui fit s'emballer son cœur.

— Milord, j'ai envie de vous accompagner. Vous devez me croire... C'est bien plus sûr de la sorte.

Il n'aurait pas dû se sentir aussi attaché à elle. Pas de la sorte. Pourtant, ses mots ne manquèrent pas de l'émouvoir.

— Très bien. Vite, montez.

Il l'aida à grimper dans la calèche et donna son adresse au cocher, et le véhicule commença à descendre la rue à grand bruit. Lawrence poussa un soupir de soulagement quand Zehra s'assit à côté de lui. Machinalement, il enroula un bras autour de ses épaules et la cala contre son corps. L'espace d'une seconde, elle se raidit avant de se détendre, et il savoura la sensation de sa silhouette féminine si proche de lui. Elle entrouvrit les lèvres et ses mains se refermèrent sur ses jupes alors qu'elle se penchait vers la vitre pour regarder à travers les rideaux. Elle gardait les yeux braqués sur les rues.

— C'est si différent, ici, murmura-t-elle.

— Différent ? demanda-t-il, curieux.

— Oui.

Elle désigna les rues illuminées par le clair de lune et malgré sa rougeur, il y avait de la fougue et de l'assurance dans sa voix et son regard quand elle s'exprimait.

— Je vous en prie, poursuivez.

Il voulait qu'elle parle. Sa douce voix était angélique et il aurait pu l'écouter parler pendant des heures. Généralement, il aimait entendre les femmes soupirer ou gémir son nom, mais de la part de Zehra, il voulait une conversation. Il sentait que tout ce qu'elle pourrait dire aurait du sens.

— C'est si froid et rude ici. Chez moi, il y avait de la chaleur et des couleurs.

— D'où venez-vous ? demanda-t-il, craignant à moitié qu'elle refuse de répondre.

— De Perse, répondit-elle doucement.

Il cligna des paupières.

— Attendez un peu, le vendeur ne mentait pas ? Vous venez réellement de Perse ?

Elle hocha la tête et il sourit.

— Cela veut-il dire que vous êtes une princesse, aussi ?

— Peut-être, répondit-elle avec une petite étincelle dans les yeux.

Elle semblait très effrayée et hésitante en sa présence, mais il comprenait. C'était une femme courageuse confrontée à une vie d'esclavage si elle ne pouvait pas lui faire confiance. Il s'apprêtait à lui demander pourquoi elle voulait rester ici avec lui, mais la calèche s'immobilisa et le cocher annonça son adresse. Il insista pour descendre en premier et savoura le geste de l'aider à descendre à son tour. Rien ne semblait plus extraordinaire que de la serrer dans ses bras, et il détesta être contraint de la reposer par terre et de la lâcher.

Avec un regard furtif, il vit que la rue était vide, alors ils remontèrent à la hâte les marches du porche. Son majordome, Mr MacTavish, l'attendait. Les yeux du vieil écossais bedonnant s'écarquillèrent à la vue de

Zehra, mais il ne posa aucune question sur sa présence. Au fil des années, Lawrence avait entretenu un certain nombre de maîtresses, ce qui signifiait qu'une dame après minuit n'était pas complètement inattendue. Elles ne restaient généralement pas pendant plus d'une nuit, aussi MacTavish serait probablement surpris que Zehra reste plus longtemps.

— MacTavish, voici Miss Zehra Darzi. Elle est mon invitée de marque. Veuillez lui préparer une chambre.

Momentanément confus, le vieil Écossais cligna des paupières.

— Pas la vôtre ? s'enquit-il d'un ton poli et prudent.

— Non. Miss Darzi aura ses propres appartements. Elle vous informera de ses besoins concernant les repas et tout le reste.

Lawrence marqua un temps d'arrêt à la base des escaliers. Il regarda Zehra, debout à côté de lui.

— Vous n'avez pas de servante... Je viens à peine de me rendre compte que vous n'avez rien. Quel imbécile je fais !

Zehra secoua la tête.

— J'avais une bonne chez moi, bien entendu, mais elle a été...

Sa voix mourut. Elle choisit prudemment ses paroles.

— Elle n'est plus à mon service.

MacTavish prit la parole.

— Euh... Demain matin, devrai-je faire des recherches afin de trouver une bonne pour cette dame ?

Lawrence répondit « oui » alors que Zehra disait « non ».

— Vous aurez besoin d'une servante pendant votre séjour ici, expliqua Lawrence. Je ne peux pas demander à mes femmes de chambre de se détourner de leurs devoirs pour vous venir en aide. Je préférerais que vous ayez une bonne disposée à s'occuper de tous vos besoins, sans parler de votre changement de tenue.

Ses joues rosirent et elle détourna le regard.

— Je ne possède que cette robe. Une bonne serait de trop.

Lawrence la regarda, la bouche ouverte.

— Zehra, vous me blessez.

Il était taquin, mais l'éclat de panique qu'il vit dans ses yeux le fit rapidement changer de sujet.

— J'ai conscience que vous m'avez rencontré dans des circonstances qui n'ont absolument rien d'honorable, mais je vous jure que sous mon toit, vous serez traitée correctement.

Il lui caressa la joue, séduit de voir ses pupilles se dilater.

— Je crains que cela signifie que vous allez devoir tolérer une nouvelle garde-robe.

Zehra le regarda avec incrédulité alors qu'il la guidait à l'étage. Au-dessous d'eux, MacTavish appela les serviteurs pour s'occuper d'eux.

— Pour l'instant, vous pouvez vous reposer dans mes quartiers le temps qu'on prépare votre chambre.

Il l'escorta jusqu'à ses propres appartements et la fit

entrer. Un feu était allumé et Lawrence savait qu'on ferait bientôt monter un plateau. En attendant, il pourrait l'installer. Zehra s'attardait près de la porte, enroulant ses doigts élégants dans la soie de sa robe. Lawrence avait envie de pouvoir tendre le bras et de toucher à nouveau ses mains, de lui assurer que tout allait bien, mais il craignait qu'elle ne lui fasse pas confiance.

— Je vous en prie, asseyez-vous. Puis-je vous offrir du vin ou un peu de brandy ?

Il se dirigea vers les carafes posées sur la console, puis son visage devint écarlate.

— Je suppose que vous ne buvez pas d'alcool, n'est-ce pas ? Je m'excuse si je vous ai choquée.

— Non, ce n'est pas grave. Je bois à l'occasion. Ma mère n'était pas Persane et j'ai été élevée dans deux cultures différentes. J'aimerais un verre de vin, s'il vous plaît, répondit Zehra en s'installant dans le premier fauteuil près du feu.

Il remplit un verre qu'il lui tendit, puis il s'assit dans le fauteuil et l'observa. Elle déglutit fort. Son père aurait désapprouvé, mais sa mère la laissait souvent boire un verre de vin en secret quand elles étaient seules. Zehra y avait pris goût.

— Vous ont-ils donné assez à manger, à la Maison Blanche ?

— La Maison Blanche ? demanda-t-elle, un peu perdue.

— Oui, le bordel où vous...

— Oh, rougit-elle. Un peu. J'ai eu un verre d'eau et un quignon de pain vers midi...

— Par les dents de dieu ! jura Lawrence.

Cette pauvre femme avait été affamée !

Son exclamation la fit sursauter.

— Toutes mes excuses. Je n'avais pas l'intention de vous faire peur. C'est simplement que plus j'en apprends sur cet endroit, plus je suis furieux.

Ce n'était pas un mot suffisamment fort, mais il ne s'apprêtait pas à dire à cette pauvre femme qu'il voulait retourner à cet endroit pour le raser.

Zehra sirota son vin plus lentement, le regardant dans les yeux comme si elle se demandait s'il représentait toujours une menace. Elle méritait d'avoir une minute de solitude, même par rapport à lui. Cela lui donnerait peut-être le temps de s'ajuster et de se sentir plus en sécurité.

— Je crois que je vais descendre et demander qu'on vous amène à manger. Je vous en prie, restez ici et réchauffez-vous près du feu.

Il la laissa seule, sentant qu'elle aurait bien besoin d'un peu de calme après toutes les horreurs qu'elle venait de vivre. Sa diction exprimait clairement qu'elle était une dame de haute naissance, peu habituée au traitement qu'elle avait subi... non qu'*aucune* femme aurait dû s'y habituer. MacTavish l'attendait dans le couloir, ses sourcils sombres plissés d'inquiétude.

— Milord, est-elle... A-t-elle besoin de quelque chose ?

— Oui. À manger. Faites-lui monter immédiatement tout ce que la cuisinière sera en mesure de préparer.

Son majordome hocha la tête et vu son hésitation, il était clair qu'il sentait que Zehra n'était pas une invitée typique.

— Je vous expliquerai tout quand le danger sera passé, dit Lawrence. C'est pour son bien, pas le mien, que nous devons rester discrets.

MacTavish hocha la tête. Il servait Lawrence depuis qu'il avait vingt ans et avait l'habitude de recevoir des ordres inhabituels.

— Les servantes l'emmèneront jusqu'à sa chambre et je ferai savoir à tout le monde que cette invitée est spéciale et que sa présence est un secret.

— Merci. Présentez mes excuses à tout le monde pour l'heure tardive.

Lawrence descendit jusqu'à son étude où il sortit un rouleau de parchemin et prépara une plume et un nouvel encrier. Cela dit, il hésita et reposa sa plume.

Qu'allait-il dire à son frère ? S'excuser d'avoir acheté une femme alors qu'il avait promis de ne pas s'en mêler ? Mais qu'aurait-il pu faire d'autre ? Rester les bras ballants alors qu'une femme voyait sa liberté arrachée ? C'était plutôt la faute de son frère qui ne l'avait pas suffisamment mis en garde.

Voir Zehra avait suffi pour qu'il comprenne qu'il ne pouvait *pas* la laisser se faire acheter par un autre homme. Elle avait quelque chose dans le regard, dans ses mouvements. Cela ravivait des souvenirs profondément dissimulés dans les recoins de son esprit, qui semblaient murmurer, mais il ne parvenait pas à les amener en pleine lumière, à comprendre ce qu'il voyait... Où se remémorait à moitié.

Oui, il y avait quelque chose chez Zehra qu'il ne parvenait pas à se sortir de l'esprit. Elle lui rappelait trop la jeune femme dans ce bordel, tant d'années auparavant. Son apparence était différente, bien sûr. C'était plutôt la situation tout entière. Il avait l'impression d'avoir la chance de corriger un tort passé.

Il observa le parchemin avec attention. Avec un juron, il le roula en boule et le jeta dans le feu. Alors qu'il regardait les braises le détruire, il soupira et leva les yeux vers le plafond où Zehra était à présent installée, un étage au-dessus.

C'était une femme ravissante qui avait traversé une épreuve horrifiante, et elle l'émouvait de façons qui étaient bien trop dangereuses. Il ne s'était jamais considéré comme un véritable gentleman. Il ressemblait trop à Lucien, son frère aîné. Comme sa mère l'avait dit plus d'une fois : « c'est une famille de rebelles ». S'il gardait Zehra sous son toit pendant un moment, il aurait du mal à rester gentleman.

Pourtant, il n'était pas non plus homme à imposer une séduction à une femme. Par Dieu, il lui restait quelques scrupules auxquels il se raccrochait. Mais s'il lui donnait la moindre indication qu'elle souhaitait partager son lit, il n'allait assurément pas la repousser.

Le problème serait de déterminer si une telle requête était sincère ou découlait d'un sentiment d'obligation. Il ne tolérerait pas la deuxième possibilité.

Fronçant les sourcils, Lawrence se cala dans son fauteuil. Cette semaine, sa famille tout entière serait présente à l'occasion de plusieurs fêtes estivales à Londres, et il serait sans doute forcé d'assister à ces événements aussi, mais quid de Zehra ?

Pour le moment, il tiendrait sa princesse persane à l'écart, en sécurité. Il voyait encore la peur dans son regard quand elle l'avait prié de la garder, alors même qu'il lui avait promis sa liberté. Quelque chose dans le fait de rentrer chez elle l'avait effrayée. C'était un mystère qu'il avait bien l'intention d'explorer une fois qu'elle aurait eu l'occasion de se reposer.

Il était reconnaissant qu'aucun homme n'eut surenchéri contre lui. Sept mille était une somme incroyable qu'il aurait eu du mal à expliquer à quiconque l'interrogerait sur ses comptes... C'est-à-dire, si la Maison Blanche était capable de les utiliser, ce qui était improbable, vu que la police fouillait les quatre coins du bordel. Mais il avait gagné et il était soulagé qu'elle soit rentrée en sa compagnie. À présent, elle était en sécurité et elle le resterait sous sa garde.

3

———

Zehra sirota son vin, même si son ventre palpitait d'une douleur qui découlait de plusieurs journées sans beaucoup manger. Elle tenta d'ignorer la migraine insistante qui lui saisissait le front en examinant la chambre de son sauveur. Son lit à baldaquin au couvre-lit vert foncé était invitant, peut-être trop. Il avait un endroit pour se raser, avec une bassine et une commode. Contre le mur, une haute bibliothèque était remplie de livres ; certains vieux, d'autres nouveaux. Elle prit son verre de vin et s'approcha de l'étagère.

— Qui êtes-vous, Lawrence Russell ? murmura-t-elle en lisant les titres dorés.

Des romans gothiques, de la poésie, des sciences, de l'art, de la philosophie. Visiblement, il était érudit. Un homme aussi éduqué était moins susceptible d'être cruel. Du moins, l'espérait-elle.

Il affirmait l'avoir achetée pour la protéger des autres hommes, mais dernièrement, elle avait appris qu'elle ne pouvait faire confiance à personne : pas à des inconnus, ni même à des amis. Ses parents étaient morts parce qu'ils avaient fait confiance à un homme qu'ils considéraient comme leur ami.

Zehra ferma les yeux. Des larmes coulèrent sur son visage et l'air frais du printemps qui filtrait par la fenêtre ouverte sécha les rigoles humides. Elle se reprit et accepta la douleur de sa perte. Le temps du deuil viendrait, mais pas encore, pas avant d'avoir retrouvé la famille de sa mère pour savoir s'ils allaient lui offrir un foyer ou la jeter dehors.

Elle pouvait presque entendre la voix de son père. *Tu dois être forte pendant encore un petit moment, ma rose du désert. Encore un petit moment.* Rose du désert. Il l'appelait ainsi si souvent ! Sa mère avait ri de joie en entendant ce nom chaque fois que Zehra dansait dans un rond de pétales de roses colorées, inspirant le parfum enivrant de la plus belle fleur de la création.

Pendant un moment, son passé la happa et des souvenirs ensoleillés l'entraînèrent loin de cette île sombre et froide. Son père s'asseyait en face d'un feu de camp, les étoiles brillaient dans l'air nocturne et il jouait du setâr, un instrument similaire à une cithare iranienne. Il chantait d'une voix lancinante. Zehra restait enveloppée dans les bras de sa mère alors que celle-ci lui murmurait les paroles de la musique de son père.

· · ·

Je suis une chandelle qui brûle pour toi.

Mon cœur brûle d'ardeur pour toi.

Pourtant, tu ne reviendras jamais.

Ma perle étincelante, mon très cher cœur.

J'attends... j'attends dans l'obscurité, brillant fort dans la nuit.

Espérant contre toute attente que tu retrouves ton chemin.

Elle était trop jeune pour comprendre le doux regard que s'étaient échangé ses parents ou les secrets intimes qui flottaient entre eux, inarticulés.

Cette vie était finie ! Elle ne rentrerait jamais chez elle, car elle n'existait plus. Il ne restait qu'un palais réduit en cendres au carrelage maculé de sang. La souillure du mal dans cet endroit ne disparaîtra jamais, pas pour elle. Même si elle était en mesure de revenir, elle ne retournerait jamais au palais.

Elle ouvrit grand les yeux quand la porte de la chambre s'ouvrit en couinant. Elle se tourna, s'attendant à voir Lawrence, mais c'était une bonne aux cheveux sombres qui portait un plateau de nourriture.

— Pardonnez-moi, Miss. Le maître a demandé qu'on vous apporte de la nourriture.

La femme sourit d'un air chaleureux et Zehra essuya les larmes qui roulaient sur ses joues. Elle mit un moment pour se reprendre, essayant d'adopter un sourire enjoué avant de se tourner vers la servante.

Celle-ci plaça le plateau sur la table près du feu et prit une couverture chaude. Elle fit signe à Zehra de s'installer dans un des fauteuils disposés devant.

— Vous avez l'air épuisée, Miss ? Pourquoi ne pas vous asseoir ici ? Le maître a un fauteuil confortable près du feu et cela vous fera du bien de vous reposer.

Le haut fauteuil à oreilles avait l'air confortable, elle devait bien l'admettre. Une fois qu'elle fut assise, la servante lui cala une couverture sur les genoux.

— Pour le froid, Miss, expliqua-t-elle. Il peut y avoir des courants d'air pendant la nuit.

— Merci, dit Zehra, touchée par la prévenance de la servante.

Sa mère parlait rarement de l'Angleterre, mais elle avait dit que les serviteurs y étaient bien différents de ceux avec qui Zehra avait grandi. Elle était habituée à se voir traiter avec révérence ; personne n'aurait osé lui adresser la parole. Cette femme l'avait pourtant traitée très amicalement. Cela lui plaisait. Elle avait l'impression d'être moins seule et à présent, cela comptait plus que tout.

— Il y a de la soupe de poireaux, de la charcuterie et des fruits. Si vous avez besoin de quoi que ce soit d'autre, tirez sur la sonnette près du lit et quelqu'un montera s'occuper de vous.

La servante lui adressa un autre sourire puis la laissa manger.

Zehra regarda la cloche de métal qui dissimulait l'assiette et elle la retira. Les senteurs délicieuses qui taquinèrent son nez représentaient un soulagement profond. Elle eut à nouveau envie de pleurer. Souhaitant apaiser ses crampes d'estomac, elle attaqua directement par la viande.

Quelques minutes plus tard, elle avait vidé son assiette et sauçait les dernières gouttes de sa soupe avec une tranche de pain. Pour la première fois de la semaine, elle se sentait repue. Elle se cala dans le fauteuil, réchauffée par le feu et les couvertures, prise par un sentiment d'apaisement...

Elle ne savait pas combien de temps elle avait dormi avant d'être réveillée en sursaut par la sensation d'être déplacée. Elle lutta alors que la panique prenait le dessus sur sa raison quand elle se souvint malgré elle d'avoir été ligotée et emprisonnée sur le navire d'esclaves.

— Du calme, mon amour, ce n'est que moi. Votre chambre est prête. Je venais simplement pour vous y emmener.

La voix masculine était familière et elle se rendit compte à travers le voile du sommeil que c'était Lawrence qui la portait dans ses bras.

— Je vous laisserai tranquille, je le promets.

— Milord, je vous en prie, je ne peux pas dormir seule. Pas ce soir.

Elle tira sur sa chemise, serrant les doigts sur le tissu délicat. Elle ne savait pas pourquoi elle l'avait soudain prié de rester avec elle, mais pour une raison quelconque, elle était sûre qu'il ne lui ferait pas le moindre mal.

Les traits aristocratiques de Lawrence étaient assombris par les flammes et elle réalisa que la pièce était plongée dans l'obscurité. Les lampes avaient été éteintes et seul le feu restait allumé.

— Vous êtes la bienvenue dans mon lit. Je ferai monter un lit d'appoint si vous voulez qu'une servante reste auprès de vous cette nuit... ou bien moi, si vous préférez.

Le clair de lune qui filtrait par la fenêtre accrocha les yeux de Lawrence. Leur intensité lumineuse coupa le souffle de Zehra. Dans son propre pays, les hommes qu'elle avait rencontrés avaient des yeux sombres d'une centaine de différentes teintes, mais cette couleur claire, comme du froment mêlé à de l'émeraude, ne ressemblait pas à ce qu'elle avait pu voir par le passé. Ses propres yeux bleu clair étaient rares, elle le savait, mais elle trouvait les facettes éternellement mouvantes de vert et de brun dans ceux de Lawrence bien plus enchanteurs.

Lawrence la serra contre sa poitrine et l'emmena jusqu'au lit pour l'y déposer. Malgré sa généreuse proposition et ses efforts pour lui assurer qu'il ne désirait rien d'elle en retour, sa respiration haletante le trahit. De toute évidence, il avait du mal à rester le gentleman qu'il affirmait être. Toutefois, le fait qu'il soit capable de lutter aussi bien contre ces démons en disait beaucoup sur lui et elle ne souhaitait pas l'offenser.

— Je vous serais reconnaissante si vous restiez dans cette chambre pour la nuit.

Lawrence hocha la tête.

— Il y a beaucoup de couvertures, mais si vous avez froid, j'en ai plus. Je resterai ici sur le fauteuil. Appelez-moi si vous avez besoin de quoi que ce soit.

Il se détourna et Zehra eut l'occasion d'étudier sa silhouette sculpturale qui se détachait contre la lumière du feu. Elle était allongée sur le lit depuis quelques secondes quand elle se rendit compte que sa robe était trop serrée et sa respiration haletante. La robe qu'elle portait sur le bateau était plus confortable que celle-ci, probablement parce que les marchands d'esclaves désiraient avoir un accès facile aux femmes qu'ils prenaient et n'avaient pas envie de s'embarrasser avec des corsets et des gaines. Elle se rassit et essaya de passer les bras derrière son dos pour déboutonner sa robe, mais elle en fut incapable. Avec un frisson, elle se tourna vers Lawrence qui faisait toujours face au feu.

— Milord, je n'arriverai pas à défaire cette robe. Les dames de la Maison Blanche m'ont laissée quelque peu démunie.

Elle descendit du lit et s'approcha de Lawrence. Celui-ci déglutit difficilement et elle aurait pu jurer l'avoir entendu marmonner un juron avant de pousser un soupir.

— Oui, bien sûr. Je n'y avais pas pensé. Vous ne

pouvez pas dormir dans cette robe. Devrais-je appeler une bonne pour vous aider ?

Zehra songea à l'heure tardive et elle grimaça. Elle ne voulait pas tirer une servante hors de son lit.

— Non. Nous devrions les laisser dormir. Je vous fais confiance, Milord.

— Vous me faites confiance ? répéta-t-il avec un ricanement attristé. Très bien.

D'un geste de l'index, il lui demanda de se tourner. Elle s'exécuta, retenant sa respiration jusqu'à ce qu'il commence à tirer sur les dentelles. Elle se détendit quand la robe retomba sur ses bras pliés avant de glisser à terre. Il inspira profondément, ce qui la fit rougir et sourire. Un côté d'elle était audacieusement sensuel, ne craignant pas une bonne partie de ces choses-là. Elle avait beau être vierge, elle n'ignorait pas ce qu'il se passait entre les hommes et les femmes.

— Je vous en prie, ne me dites pas que vous avez besoin d'aide pour le corsage.

La voix de Lawrence était basse et éraillée. Elle sentait qu'elle l'avait poussé trop loin.

— Non. Je vais me débrouiller. Merci, Milord.

Elle fit un pas pour sortir hors de sa robe et se débarrassa du reste de ses vêtements, laissant sur le sol la pile de son corsage, ses chaussons et ses bas. Seulement vêtue de sa chemise, elle remonta dans le lit de Lawrence et s'installa pour la nuit. Elle était si épuisée qu'elle l'entendit seulement se retourner sur le fauteuil et son petit oreiller pendant quelques minutes avant de s'abandonner au sommeil.

Avery Russell pénétra dans le chaos de la Maison Blanche. Il vit les policiers et le magistrat local – un homme appelé John Dearborn – en train de prendre les dépositions de plusieurs clients. Assis à une table dans la salle de jeu principale, trois hommes portaient des menottes de fer.

— Russell.

Un des agents de police, un homme appelé Sam Cady, hocha la tête et s'adressa à Avery quand il s'approcha.

— Nous avons mis un terme à la vente aux enchères. Malheureusement, la tenancière a jeté ses livres de comptes dans le feu, détruisant les noms de ceux qui ont payé pour être présents. Toutes les dames ont été placées dans une pièce adjacente, mais...

— Mais quoi ?

Cady haussa ses larges épaules et désigna du menton le groupe d'hommes menottés.

— Un des hommes présents jure qu'un homme a acheté une esclave. La première à avoir été vendue. Lui et la fille ne sont pas là.

— Quelqu'un s'est échappé ?

Avery resserra les poings en songeant à une pauvre fille emmenée dans un endroit où personne ne la retrouverait, où elle serait abusée et ravagée, et d'où elle ne partirait probablement plus jamais.

— Le mouchard a-t-il donné un nom ?

Cady secoua la tête.

— Lequel est-ce ? demanda Avery.

Il se dirigea vers les prisonniers. Cady le suivit comme son ombre.

— Le type à gauche, le jeune homme.

Avery attrapa l'homme qui paraissait avoir le même âge que lui.

— Qui a emporté la première femme ? lui grogna-t-il au visage. Donnez-moi un nom !

Le jeune homme hoqueta quand sa chaise bascula en arrière, en équilibre sur deux pieds.

— Je... Je ne sais pas, mais je l'ai bien vu ! Je vous le jure !

Avec les mains attachées derrière lui, il aurait fait une mauvaise chute si la chaise avait chaviré, ce qui était exactement ce qu'Avery avait voulu lui faire redouter. La menace de la violence serait plus efficace que son utilisation. L'imagination est notre pire ennemie.

— À quoi ressemblait-il ? gronda Avery.

— Il vous ressemblait !

L'homme poussa un cri grinçant quand la chaise vacilla sur ses pieds arrière.

Avery se figea.

— Quoi ?

— Il vous ressemblait, répéta l'homme. Pas trait

pour trait. Ses cheveux étaient roux foncé, mais son visage... Très familier.

L'homme le regarda, mais Avery ne faisait plus attention. Il laissa sa chaise retomber sur ses quatre pieds.

Lawrence. Que diable avait fait son frère aîné ? On l'avait envoyé ici pour recueillir des informations sur les enchères, pas y participer !

— Qu'y a-t-il ? demanda Cady en serrant les poings. Savez-vous qui c'est ?

Cady était un homme bon, mais sa carrure et sa taille de brute le faisaient paraître effrayant quand il était en colère.

Avery secoua la tête. Si son frère avait acheté une esclave, c'est qu'il devait avoir une sacrée bonne raison. Lawrence avait-il cru jouer aux héros en s'imaginant secourir la pauvre femme ?

Le problème était qu'un magistrat ne le verrait pas ainsi. Acheter une femme de la sorte aurait suffi à faire condamner n'importe quel homme. Heureusement, cela faisait des années qu'Avery était espion pour le compte de la couronne. Il avait l'habitude de contrôler ses réactions et de se sortir de situations inextricables. Il se tourna vers Cady.

— Laissez-moi faire. Je découvrirai qui est cet homme et alors, justice se fera, jura-t-il.

Cady hocha la tête et laissa Avery seul pour aller rejoindre les autres agents. Avery se dirigea vers le bureau de la tenancière, souhaitant voir les vestiges des livres de comptes. Il repéra une petite cheminée dans le mur en face du bureau. Dans l'âtre, trois gros livres de comptes à la reliure marbrée fumaient toujours. Des cendres maculaient le sol sous la grille où les registres avaient été jetés.

Avery s'agenouilla et retourna les pages avec précaution. La plupart étaient illisibles et quelques pages partirent en cendres quand il les tourna, mais il parvint à discerner plusieurs noms et chiffres.

— Non...

Il murmura un juron en écartant les dernières pages pour voir les noms plus clairement.

— Lawrence Russell – un article – 7 000 £.

Lawrence, qu'avez-vous fait ? Pauvre imbécile.

Retirant une allumette de sa poche intérieure, il ralluma le feu et déchira la dernière page qu'il jeta dans les flammes. Il ne devait pas rester la moindre preuve, la moindre trace des actes de son frère.

Je vais arranger la chose. Je trouverai cette femme et protégerai le nom de ma famille. Personne ne le saura jamais.

Il se tourna et quitta le bureau de la tenancière. À présent, le magistrat avait pris le contrôle de la scène de crime et Avery pouvait facilement se fondre dans les ombres. Il avait des rapports à rédiger. Son supérieur, Sir Hugo Waverly, aurait besoin d'être informé du succès du démantèlement du cartel d'esclavage. Avec la présence à Londres de plusieurs ambassadeurs influents venus d'Arabie et de Perse pour des discussions de paix secrètes entre les empires Ottoman et

Qajar, il était crucial que cet événement ne soit jamais découvert.

Avery se glissa hors de la Maison Blanche et fit appeler son cheval. Il avait besoin de rentrer pour dormir, mais au matin, il se rendrait chez Lawrence afin d'exiger des réponses. Il devrait aussi ramener la pauvre femme au port immédiatement avec le reste des femmes, puis la réexpédier chez elle.

Il espérait simplement pouvoir empêcher Lawrence d'être poursuivi s'il avait réellement eu l'imbécillité d'acheter une esclave. Si c'était le cas, il aurait du mal à sauver son frère.

Zehra ne parvenait pas à laver le sang sur ses mains. Les pièces du palais étaient remplies de cris et les flammes illuminaient le ciel nocturne. La fumée rampait le long des couloirs à la recherche de victimes. Des corps maculaient la chambre et l'antichambre.

Choquée, Zehra regarda les deux corps les plus proches du lit. Sa mère était immobile, ses cheveux dorés répandus en éventail sur les draps de soie, sa gorge tranchée. Une mare de sang s'échappait de son cou et ses yeux bleus aveugles regardaient Zehra sans la voir.

Un grand homme aux cheveux sombres était étendu à ses pieds. Immobile, il serrait un cimeterre dans la main. Il avait occis quatre hommes avant de se faire tuer.

Papa... Le mot ne s'échappa pas de ses lèvres, mais il fut suivi à l'intérieur de sa tête par un cri d'angoisse perçant.

Plus tard, elle fut à nouveau capable de bouger puis de filer dans le couloir à toute vitesse. Elle toussait alors que la maison qu'elle avait chérie se consumait autour d'elle.

— La princesse ! s'écria quelqu'un en farsi.

La terreur lui saisit le cœur, mais elle ne s'arrêta pas. Elle devait s'échapper.

Quand elle atteignit une grande fenêtre ouverte qui menait aux jardins, une silhouette sombre se dressa en travers de sa route. Elle se heurta à elle et l'homme saisit son corps avec un bras et colla une main sur sa bouche.

— C'est Al-Zahrani, ma princesse. Je suis venu vous secourir. Venez avec moi, vite.

Elle le suivit dans la nuit à travers la fenêtre.

Zehra poussa un cri et se rassit brusquement. À l'extérieur, tout était encore plongé dans l'obscurité. N'avait-elle vraiment dormi qu'une heure avant que le cauchemar ne la réveille ?

Lawrence quitta d'un bond son fauteuil près du feu, s'empara d'un tisonnier et le brandit comme un sabre.

— Qu'y a-t-il ? Que se passe-t-il ?

Il semblait prêt au combat, les jambes campées en position accroupie.

Le sang de Zehra rugissait dans ses oreilles tandis qu'elle luttait pour garder son calme. Non, elle n'était pas en Perse. Elle était en sécurité. N'est-ce pas ?

— Je...

Le cri lui ayant déchiré la gorge, elle déglutit difficilement.

— J'ai fait un cauchemar.

Lawrence se détendit et s'approcha de la table de toilette près du lit. Il prit la carafe d'eau posée près de la bassine de porcelaine et lui servit un verre.

Elle l'accepta et le vida avec avidité. Son corps luisait de sueur et elle leva les mains pour y chercher du sang. Elle savait qu'elle n'en trouverait pas, mais cela ne faisait aucune différence.

— Que cherchez-vous ?

Lawrence remplit à nouveau son verre.

— Ce n'est rien. Je suis désolée de vous avoir réveillé, murmura-t-elle.

Lawrence se pencha au-dessus du lit. Elle fut surprise quand elle ne s'écarta pas de lui instinctivement.

— Ma chérie, quelque chose de terrible vous est arrivé. J'en vois l'ombre dans vos yeux. Ils contiennent un éclat de peur fantomatique. Mais si vous ne me parlez pas, je ne peux pas vous aider.

Il lui prit le visage dans une de ses paumes et Zehra aima sentir sa main chaude contre sa peau. Il y avait quelque chose dans la façon dont il la touchait, lui parlait, comme s'il était trop près et pourtant pas assez. Elle eut soudain froid dans sa chemise fine et eut envie qu'il la prenne dans ses bras pour la réchauffer. C'était de la folie de désirer un inconnu de la sorte, mais c'était pourtant ce qu'elle faisait.

— Je pourrai peut-être vous le dire un jour, dit-elle. Mais pas aujourd'hui.

Il pinça les lèvres, mais hocha la tête.

— Je comprends. Dites-moi ce que je peux faire. Il doit bien y avoir quelque chose.

Zehra détourna le regard afin d'étudier les moulures au plafond : des lumières dorées avec des rosettes peintes représentant des scènes tirées de la mythologie classique. Plus habituée aux motifs géométriques qu'à des représentations humaines, elle fut saisie par le spectacle de l'art qui se trouvait au-dessus d'elle. Une telle beauté dans la maison d'un célibataire aussi rebelle ! C'était inattendu.

— Zehra ?

Il prononça son nom avec tendresse et elle croisa enfin son regard.

— Voulez-vous bien... me prendre dans vos bras ?

Elle savait que c'était déplacé, en Angleterre tout comme en Perse, mais ce dont elle avait le plus besoin était d'être étreinte. Quand il la touchait, la douleur et la peur du passé paraissaient fondre en un souvenir distant et flou. Elle savait que ce n'était qu'une solution temporaire, mais elle se raccrocha à la moindre opportunité, toute réduite qu'elle soit, d'apaiser ses souvenirs et d'oublier.

Lawrence haussa les sourcils.

— Vous prendre dans mes bras ? Vous en êtes certaine ?

— Bien sûr, répondit-elle.

— Euh... Très bien...

Il retira ses bottes puis s'allongea sur le lit à côté d'elle avant d'écarter les bras. Zehra fut submergée par une vague d'émotions quand elle se glissa entre ses bras. Elle en demandait tant de cet homme, un complet inconnu, alors qu'elle ne pouvait rien lui donner en retour ! Ses yeux se remplirent de larmes et elle plaqua le visage contre la poitrine de Lawrence. Son odeur l'enveloppa et elle se détendit presque immédiatement.

— C'est mieux ? murmura-t-il.

Elle sentit son souffle chaud caresser le sommet de son crâne.

— Oui.

Zehra resta silencieuse pendant un long moment.

— Je ne suis pas une femme faible.

Elle ne savait pas pourquoi elle avait besoin qu'il l'entende.

— Je le sais, ma chère. Je crois que vous êtes la femme la plus *forte* que j'ai jamais rencontrée.

Il la sentit se détendre un peu puis elle souffla doucement. Pouvait-elle lui faire part de certains détails ? Peut-être quelques-uns...

— Mes parents ont été tués. Je les ai trouvés... Leurs corps... Avant de m'échapper de chez moi. C'était...

Il n'y avait pas de mots... pas de mots assez puissants pour exprimer sa souffrance et sa douleur.

Il serra les bras autour d'elle.

— Mon Dieu. Que s'est-il passé ? Pourquoi ont-ils été tués ?

Zehra referma les doigts sur sa chemise, ayant désespérément besoin de s'accrocher à lui.

— Mon père se dressait en travers de la route d'un homme avide de pouvoir, quelqu'un en qui il avait confiance. Cet homme nous a trahis pour aider un autre shah à prendre nos terres. Voilà pourquoi je ne peux pas revenir.

Elle ne pouvait pas en révéler davantage. Si elle soufflait le nom d'Al-Zahrani, faisait une réalité de cette menace dans les jardins, elle ne pourrait jamais revenir dessus. Il valait mieux que Lawrence n'apprenne jamais l'existence du danger. Il risquait de se lancer à la poursuite d'Al-Zahrani et il finirait par se faire tuer, car Lawrence, contrairement à ce dernier, était un homme d'honneur.

Il lui caressa les cheveux d'un geste apaisant.

— Vous êtes en sécurité avec moi. Je vous le jure.

Il déposa sur son front un baiser chaste qui donna à Zehra l'impression de recoller les éclats de son cœur brisé.

— Dormez. Je vous prendrai dans mes bras aussi longtemps que vous le voudrez.

— Vous êtes un homme fantastique, murmura-t-elle en s'enfonçant plus profondément dans ses bras alors qu'ils rallongeaient tous les deux sur le lit.

Il ricana, un son qui la faisait se sentir au chaud et détendue.

— Si vous rencontrez ma mère, il faudra que vous le lui disiez, mais je doute qu'elle vous croie.

Elle afficha un léger sourire.

— Rencontrer votre mère. Espérons que cela n'arrive jamais.

— Pourquoi pas ? demanda-t-il d'une voix mi-taquine, mi-sérieuse.

Zehra se lova contre sa poitrine.

— Parce qu'elle voudra certainement savoir comment nous nous sommes rencontrés et vous allez devoir dire : « Mère, c'est mon esclave. Je l'ai achetée dans un des pires bordels qui existent pour sept mille livres ». Je crains que cette information ne la foudroie sur place, acheva-t-elle en ricanant malgré elle.

— Oui, eh bien, je soupçonne qu'apprendre que j'ai dépensé sept mille livres en général risque d'avoir cet effet-là.

— Et pas le fait que je possède une esclave ? le taquina-t-elle.

Lawrence grogna un peu.

— Vous n'êtes pas mon esclave, Zehra. Vous êtes libre d'aller et venir à votre guise. Je souhaite simplement que vous soyez en sécurité. Je peux vous installer dans votre propre maison, vous fournir des vêtements, de la nourriture, tout ce que vous pouvez souhaiter jusqu'à ce qu'on trouve quoi faire.

Il s'éclaircit la gorge.

— Je ne demande rien en retour.

Elle trouva l'ouverture de sa chemise et fit courir le bout de ses doigts sur sa poitrine nue, savourant la chaleur de sa peau. Elle savait qu'elle le tentait, mais elle ne pouvait visiblement pas s'en empêcher. Il était fort, chaleureux et profondément masculin. Cela lui donnait une impression de féminité et de sécurité qu'elle n'avait plus ressentie depuis des années.

— Vous me tuez, murmura-t-il.

— Ah oui ? demanda-t-elle en souriant.

— Touchez-moi ailleurs et je ne pourrai pas garantir de pouvoir me retenir de vous rendre cette caresse, la mit-il en garde.

Il y avait toutefois dans sa menace une tendresse qui la fit brûler de nouveaux désirs, des désirs qu'elle n'avait encore jamais ressentis pour un homme.

— Pensez à mon pauvre honneur.

Elle continua de frôler sa poitrine avec ses doigts et colla le visage contre son épaule. Sentir ses bras autour d'elle et être collée contre lui était hypnotisant. Elle se sentait bercée et entraînée lentement, très lentement, vers le sommeil.

— Vous vous sentez mieux ? demanda-t-il.

Elle hocha la tête.

— Bien. Rappelez-vous qu'aucun cauchemar ne peut croître là où la lumière du soleil fleurit.

— Quoi ? demanda-t-elle en se réveillant légèrement. Son père aurait pu dire une telle chose.

— C'est quelque chose que mon père me disait souvent quand j'étais petit garçon.

Lawrence ricana.

— Il m'a appris à me représenter tout ce qui me fait peur en tant qu'ombres, puis à m'imaginer que je portais un rayon de soleil entre mes mains. Je pouvais projeter ce rayon sur les ombres et les faire disparaître avec la lumière.

Zehra prit un moment pour se représenter les horreurs de son passé, déjà dissimulées dans les ombres. Avec son esprit, elle y projeta des rayons de soleil. Elle ne pouvait pas être certaine que cela ait fonctionné, mais elle ne se sentait plus aussi impuissante qu'avant. L'obscurité avait donné du pouvoir à ces visions et s'imaginer la lumière lui avait redonné de la force. Elle espérait seulement que ce soit suffisant.

— Vous êtes un homme fantastique.

Son sauveur fit courir l'arrière de sa main sur sa joue et elle souffla lentement et profondément. Elle garda pourtant le silence. Elle souriait un peu, mais ne put ignorer la léthargie qui remonta le long de ses membres alors qu'elle sombrait dans un sommeil béat et sans rêves où elle espérait que les cauchemars ne la suivent pas.

4

———

Lawrence fut réveillé par les coups de la pendule du couloir juste en dehors de sa chambre.

Sept heures et demie. Il était encore tôt et ils étaient allés se coucher au petit matin.

Il changea de position, sentant le poids agréable du corps de Zehra entre ses bras. Elle avait posé la tête sur sa poitrine et leurs jambes s'étaient mêlées. Sa chemise s'était retroussée et il avait une main sur sa cuisse gauche. Elle avait une main dans ses cheveux, comme si elle s'était endormie alors qu'elle lui caressait la tête. Il ne put s'empêcher de sourire. Elle aimait ses cheveux... Tout comme il aimait les siens.

Il se demanda si elle se sentait réellement à l'aise avec lui ou si c'était quelque chose qu'elle avait fait inconsciemment dans son sommeil. Dans les deux cas, il aimait sentir qu'elle le touche. Il voulait qu'elle se sente en sécurité auprès de lui, qu'elle ait l'impression de pouvoir se trouver en sa présence et même le toucher sans la moindre crainte.

J'ai envie d'être un homme en qui elle peut avoir confiance.

Il retira prudemment sa main de la cuisse de Zehra et la leva pour faire courir sa paume sur les boucles sombres qui cascadaient le long de son dos. Elle ne bougea pas alors qu'il continuait de jouer avec les mèches brillantes de ses cheveux.

Quelques souvenirs de la nuit précédente lui revinrent lentement et il réprima un frisson. Elle avait vu ses parents se faire tuer... puis elle avait été vendue comme esclave. Elle avait traversé l'enfer et était toujours vivante, toujours saine d'esprit.

Mon Dieu... Qu'allait-il faire ? Elle ne pouvait pas rentrer chez elle... C'était trop dangereux. Mais que pouvait-elle faire ici ? Zehra était la créature la plus magnifique qu'il avait jamais vue et elle aurait fait une maîtresse remarquable pour n'importe quel homme. Toutefois, elle méritait plus que d'être simplement entretenue par un homme, particulièrement compte tenu de son passé. Elle n'était la créature de personne et il ne voulait pas qu'elle soit un jour forcée de faire quoi que ce soit qu'elle ne souhaite pas faire.

Il étudia ses traits délicats, le petit nez retourné, les pommettes hautes et le menton fin. Malgré ses traits persans, il y avait quelque chose d'étonnamment fami-lier, de presque anglais chez elle, mais il n'aurait su dire quoi. Quelque chose le tracassait dans un coin de son esprit, mais il ne comprenait toujours pas pourquoi la regarder l'émouvait autant.

Il écarta ses cheveux de son cou et aperçut une chose qui lui avait échappé la veille. Une chaîne en or pendait à son cou. Il fit descendre son doigt le long de la chaîne jusqu'à un médaillon de la taille d'un pouce qui reposait sur le renflement de sa poitrine. Il le souleva pour l'examiner de plus près. L'écusson était familier et lui évoqua un vague souvenir.

Il commença à ouvrir le loquet puis s'immobilisa. La culpabilité s'immisça en lui à pas de loup. Il contenait certainement des portraits de ses parents et c'était la seule chose qui lui restait d'eux. Il aurait été impoli d'empiéter sur un tel souvenir sans y avoir été invité. Il reposa le pendentif et retira sa main. C'était étrange. C'était la première fois qu'il s'inquiétait autant pour une femme. La séduction avait toujours été un jeu et la femme, le trophée.

Cependant, rien chez Zehra n'était simple et elle n'était pas un trophée à conquérir. Il était terriblement tenté de la séduire, mais il refusait d'être un saligaud aussi insensible. S'imaginer à sa place pendant un moment étouffa ses désirs, quoique pas les passions qui les avaient suscitées.

Je dois être un homme en qui elle peut avoir confiance.

Lawrence attendit pendant de longues minutes, savourant sa respiration tranquille et la simple sensation de son corps contre le sien. À ce qu'il en savait, il avait dormi pendant le reste de la nuit sans peur ou rêves, et il n'avait aucun désir de la déranger.

La porte de sa chambre s'ouvrit et George, son valet, jeta un œil à l'intérieur. Lawrence lui adressa un petit signe du menton et l'homme se glissa dans la chambre pour accomplir ses tâches aussi discrètement que possible. Alors seulement Lawrence quitta-t-il son lit à regret. Il cala Zehra sous les couvertures, marquant un temps d'arrêt afin d'admirer sa beauté exquise.

— Elle dort comme un agneau.

George ricana alors que Lawrence et lui sortaient dans le vestiaire, où le serviteur faisait couler un bain.

— En effet. Elle en a besoin, pauvre créature.

Lawrence se déshabilla.

Son valet s'éclaircit la gorge.

— Est-ce... vrai... ce que McTavish a dit sur elle, Monsieur ? Qu'elle vient de la Maison Blanche ? Elle n'a pas l'air d'une...

George rougit jusqu'à la racine des cheveux.

— C'est parce qu'elle ne l'est *pas*.

Lawrence ne voulait pas qu'on la traite autrement que comme la princesse qu'elle semblait être.

— Traitez-la comme une reine. Assurez-vous qu'elle ait tout ce dont elle aura besoin.

— Bien entendu, dit George qui s'inclina. Je vais sortir vos vêtements et je reviendrai quand vous serez prêt à vous habiller. À moins que vous ne désiriez autre chose ?

— Merci. Ne vous inquiétez pas pour moi.

Lawrence fredonna doucement en se laissant glisser dans la baignoire en cuivre, soupirant quand l'eau chaude détendit ses muscles raidis.

La dernière soirée avait été intense et c'était la première fois qu'il se détendait vraiment. Son propre sommeil aussi avait été troublé par les souvenirs de la vente aux enchères et du raid, et ses problèmes actuels étaient loin d'être terminés. Ce n'était qu'une question de temps avant que son jeune frère Avery enfonce sa porte d'entrée et l'accuse du crime qu'il était précisément censé empêcher.

Cette pensée gâchait son bain pourtant parfait. Il se frotta hâtivement le corps et se lava les cheveux avant de sortir de la baignoire et de se raser. Il était toujours contrarié. Une fois qu'il eut fini, il rassembla les vêtements que George lui avait laissés. Il venait d'enfiler son pantalon quand Zehra se fit voir dans l'encadrement de la porte, sa chemise et une couverture enroulées autour de ses épaules.

Elle fit descendre les yeux le long du corps de Lawrence puis les releva et rougit comme une pivoine. Il ne put retenir un large sourire. Il n'avait jamais honte de son corps, et il savait que les femmes le trouvaient attirant. Sur ce point – et bien d'autres –, il tenait de Lucien, son frère aîné. Ils avaient tous les deux passé des années à coucher avec suffisamment de femmes pour faire rougir Don Juan, et il avait échappé de justesse à plus d'un mariage forcé.

— Tout va bien ? demanda-t-il en se tenant à bonne distance.

Après tout ce qu'elle avait traversé, la dernière chose qu'il voulait était de lui faire peur.

— Oui. Quand je me suis réveillée, vous n'étiez plus là et...

Toujours écarlate, elle serra fort la couverture autour d'elle. Lâchés, ses cheveux sombres tombaient en vague sur ses épaules. Il ne pouvait pas oublier la sensation de ses doigts qui glissaient à travers ses mèches épaisses et brillantes. Il avait terriblement envie de refermer le poing sur ses cheveux et de tirer sa tête en arrière pour l'embrasser. Son corps se contracta et il se força à ignorer son excitation, chose quasiment impossible.

— Je ne vous aurais jamais laissée seule. Mon personnel est là si vous ressentez la moindre peur ou bien que...

— Je n'ai pas peur, l'interrompit-elle avec des yeux qui brillaient d'un feu défiant. Après tout ce que j'ai vu... Je n'ai pas peur.

Il ne la corrigea pas en disant que même une âme courageuse pouvait connaître la peur. Comme il avait entendu son père dire autrefois, la bravoure n'était pas l'absence de peur, mais le courage de l'affronter. Elle semblait prête à braver l'enfer en personne, puisqu'elle l'avait déjà traversé.

— Si vous voulez, nous pourrons prendre le petit-déjeuner dans le salon du bas dans une heure. Mes serviteurs vont vous faire couler un bain.

— Ici ? demanda-t-elle en observant son vestiaire.

— Euh... Oui, ou bien dans la pièce de l'autre côté du couloir, si vous le souhaitez. Je ne sais pas ce que requièrent vos coutumes, mais je ferai de mon mieux pour y satisfaire.

Elle posa à nouveau sur lui ses yeux mystérieux avant de hocher la tête.

— Je me baignerai ici.

Lawrence n'aurait pas dû apprécier autant cette réponse. Typiquement, il n'aimait pas l'idée de partager son espace avec qui que ce soit, encore moins une femme. Auparavant, il avait entretenu ses maîtresses dans de ravissantes demeures de l'autre côté de la ville, évitant cette intimité sur le long terme qui provenait des espaces partagés. Pourtant, avec Zehra, il voulait qu'elle reste à portée de main. Même l'autre côté du couloir lui semblait trop éloigné. Il se dit que c'était simplement à cause de sa préoccupation pour sa sécurité et pourtant, une partie de lui reconnaissait le mensonge.

— Donnez-moi un moment. Je vais achever de m'habiller et faire monter des valets avec de l'eau fraîche.

Se représenter Zehra nue dans la baignoire en cuivre lui incendiait les sangs et il devrait quitter la pièce ou bien refaire face à cette tentation.

Ne la séduis pas. Sois un gentleman. C'est ce qu'elle mérite de ta part.

Elle quitta le vestiaire, lui accordant une minute pour se calmer. Une fois qu'il eut fini de s'habiller, il sortit de la pièce et trouva Zehra près du feu qu'on avait rallumé. Elle tenait un livre à la main.

— Vous rattrapez une lecture en retard ?

Il grimaça, regrettant cette piètre formulation. Ce n'était pas comme s'il y avait beaucoup de livres à bord des navires d'esclaves.

— Je suis désolé. Je ne voulais pas...

Elle leva les yeux et lui adressa une ébauche de sourire.

— Ce n'est pas grave. Je comprends ce que vous voulez dire. C'est vraiment un livre intéressant. Cette femme se retrouve échouée sur une île après que son bateau s'abîme contre des rochers. Elle nage jusqu'au rivage, mais est complètement seule jusqu'à ce qu'elle aperçoive une silhouette sur une colline distante...

— Ah... Vous avez découvert mon secret.

Il reconnaissait le livre. Il s'appelait *Lady Isabelle et le Lord de l'île Sombre*. C'était une des œuvres de L. R. Gloucester, un roman gothique plutôt torride.

— Votre secret ? demanda Zehra en plissant les paupières.

Il répondit avec un petit rire.

— Oui, j'aime lire des romans. Celui-ci est un peu... Bon, je ne vais pas vous gâcher le plaisir.

Il avait hâte de voir ce qu'elle penserait quand elle atteindrait la scène où le seigneur mystérieux faisait l'amour à Isabelle dans la bibliothèque après leur dîner dans son château. Zehra y trouverait-elle du plaisir ? Ou bien serait-elle outrée et scandalisée ? Ce dernier point le désolait. Elle ne paraissait pas être le genre de femme qui abhorrait le plaisir. Elle exsudait d'une franchise et d'une sensualité immanquables.

— Hum.

Elle braqua à nouveau son attention sur le livre, mais il eut l'impression distincte qu'à la seconde où il lui tournerait le dos, c'est lui qu'elle observerait.

Appréciez le spectacle, Miss Darzi, parce que je ferais certainement la même chose.

Avec un sourire discret, il sortit de ses appartements et appela un valet pour qu'on remplisse à nouveau la baignoire. Il trouva également une des femmes de chambre, une fille appelée Éva, pour s'occuper de Zehra le temps de trouver une servante personnelle.

Parvenu au bas des marches, il entra dans son étude et pila net. Quelqu'un était assis à son bureau et parcourait des documents. Avery leva les yeux. Comme il s'y était attendu, son visage exprimait la déception.

— Comment diable êtes-vous entré ici ? MacTavish m'aurait fait quérir.

Avery ricana d'un air moqueur.

— Peu probable, mon frère. Si ce vieux MacTavish m'entendait, je ne serais pas apte à l'exercice de mes fonctions.

Lawrence croisa les bras et attendit que son petit frère – un satané espion ! – *lui* livre une leçon de morale.

— Alors ? demanda Avery dans l'expectative, toujours assis au bureau de Lawrence.

La position de contrôle était en faveur d'Avery et cela ne plaisait pas du tout à Lawrence.

— Alors, quoi ? répliqua-t-il d'un ton tranchant.

Seigneur ! Avery se comportait parfois comme leur père. Il était le seul Russell de toute la fratrie qui lui ressemblait, ce qui faisait de lui le favori de leur mère.

— Eh bien, où est-elle ? Votre *esclave* ?

— Quelle esclave ? dit Lawrence.

Il n'avait pas l'intention de lui rendre la tâche facile.

— Celle que vous avez achetée pour sept mille livres ! *Cette* esclave-là !

Les deux dernières paroles d'Avery débordaient d'une indignation tranquille qui choqua Lawrence. Son frère savait qu'il était un vaurien. À présent que Lucien s'était casé, il était le plus dissolu de la fratrie. Toutefois, Avery ne pensait honnêtement pas qu'il avait pu tomber aussi bas et acheter une esclave !

— Elle n'est pas une esclave, gronda Lawrence. Je l'ai sauvée. Vos satanés hommes sont arrivés trop tard. La vente avait déjà commencé. Je ne pouvais pas laisser un de ces hommes l'emmener. Elle aurait pu...

Il refusa de finir sa phrase.

La colère d'Avery parut s'amenuiser.

— Fantastique ! Alors vous l'avez emmenée aux bureaux de la police après vous être assuré de sa sécurité ?

— Non, mais attendez...

Avery s'était déjà redressé et avait pris le dessus sur Lawrence qu'il plaqua alors fort contre le mur.

— Où est-elle ? hurla Avery.

La facilité avec laquelle il s'était fait maîtriser rappela à Lawrence qu'il était un agent de la Couronne particulièrement dangereux. Il n'avait pas l'habitude de voir ce côté de son frère, mais après un moment de choc, il se reprit.

— Retirez vos mains de moi sans quoi...

— Qu'allez-vous faire ? le défia Avery avec des mots qui débordaient de menace.

Une fois encore, Lawrence fut frappé par le changement dans le ton de son frère. Il évoquait un dieu vengeur.

— Avery, que vous arrive-t-il ? Vous savez que je ne ferais jamais de mal à une femme, ou que...

Avery siffla, mais il le lâcha et fit un pas en arrière afin d'arpenter la pièce.

— Je suis désolé, Lawrence. C'est simplement que... Après ce que j'ai vécu la nuit dernière...

Le visage d'Avery changea ; la tristesse creusa ses traits.

— On a trouvé des *corps* qui flottaient dans le port. C'est en partie ce qui nous a retardés. Ce doit être celles qui sont mortes avant que le bateau accoste. Les marées du port les ont ramenées au rivage. Je n'arrive pas à fermer les yeux sans m'imaginer ces pauvres femmes dans leurs derniers instants...

La tristesse et la rage se mêlèrent dans les yeux d'Avery

qui braqua à nouveau son attention sur Lawrence. Pour la première fois, Lawrence s'autorisa à ressentir la profondeur de l'horreur de ce qui était arrivé à Zehra. Les choses qu'elle avait dû voir ; les choses qu'elle avait dû subir. Il en eut la nausée. C'était pire que ce qu'il s'était imaginé.

— Où est-elle ?

Le ton d'Avery était plus calme.

— À l'étage. Elle prend un bain chaud. J'ai veillé à son bien-être. Rien de plus. Je le jure.

Il était peut-être un rebelle, mais sa mère lui avait appris une chose qui surpassait toutes les autres : quand on croise une femme dans le besoin, on fait de son mieux pour jouer les héros.

Avery soupira et il se passa une main dans les cheveux, qui étaient plus blonds que les autres membres roux de sa fratrie.

— Il faudra qu'elle rentre. Vous le savez, n'est-ce pas ? Elle ne peut pas rester ici. Il n'y a pas de place pour elle. Si on l'apprenait, cela pourrait gâcher les négociations de paix qu'on est en train de tenter avec la Perse. Nos relations sont déjà assez tendues. Découvrir que nous autorisons la vente de leurs ressortissants en tant qu'esclaves pourrait mettre un terme à ces négociations et nous risquerions d'entrer en guerre.

Lawrence ravala la boule soudaine dans sa gorge. La renvoyer ? Elle ne serait pas en sécurité là-bas.

— Je lui ai donné ma parole qu'elle pouvait rester avec moi si elle le souhaitait, dit Lawrence.

Il ne savait pas s'il était bien placé pour mentionner le péril qu'elle encourait, pas encore.

— Et c'est généreux de votre part, mais vous ne pouvez pas. Que fera-t-elle à Londres ? Elle n'a pas d'amis, pas d'autres buts que de vous divertir. Je vous connais, Lawrence. Si elle est comme les autres femmes que nous avons secourues de la vente à la Maison Blanche, elle doit être magnifique, et nous savons tous les deux que vous ne possédez guère voire pas de retenue en présence d'une femme.

Lawrence gronda.

— Ce n'est pas entièrement vrai.

— Avez-vous oublié Horatia ? Vous vous êtes laissé emporter avec la future épouse de votre frère et vous l'avez embrassée... contre son gré !

Lawrence grogna.

— C'était sur les ordres de Mère. Vous étiez là ! Elle m'avait dit de séduire Horatia pour rendre Lucien jaloux. Je l'ai juste embrassée...

Il se sentait encore comme un vaurien. Horatia Sheridan l'avait repoussé comme si un pirate sauvage avait tenté de la dévaster. Il avait seulement voulu que Lucien les voie ensemble et qu'il soit assez jaloux pour qu'il fasse Horatia sienne.

Maman et ses satanés projets d'entremetteuse...

— Je vous en prie, ne me forcez pas à la ramener aux docks, Avery. Je crois qu'avec suffisamment de temps, elle s'intégrera parfaitement en Angleterre.

— Bon sang, Lawrence, elle n'est pas un chiot perdu.

— Seigneur, mon frère ! Arrêtez de me faire dire ce que je n'ai pas dit ! Elle parle anglais couramment. Je pourrais la présenter à Horatia, peut-être même à Émily et aux autres femmes...

Avery ricana.

— Introduire une roturière qui vient d'on ne sait où en Perse à une duchesse ? Lawrence, vous avez perdu la tête.

— Elle n'est pas *commune*, Avery. C'est une princesse, ou quelque chose de ce genre.

Avery secoua la tête et posa une main sur le fauteuil le plus proche.

— Vous êtes naïf. Laissez-moi deviner... C'est ce que vous a dit le commissaire de la vente à la Maison Blanche ?

Lawrence ne répondit pas.

— Ils disent ce genre de choses à propos de toutes les femmes. Cela les rend plus exotiques et désirables aux yeux des enchérisseurs. Elle n'est pas spéciale, Lawrence. Elle est juste comme toutes les femmes que vous avez amenées ici. Des femmes arrachées à leur foyer, méritant le respect et le rapatriement. Nous faisons de notre mieux pour les aider et nous assurer qu'elles puissent rentrer.

— Elle ne sera pas en sécurité, là-bas... commença Lawrence, mais Avery l'interrompit.

— Vous avez élaboré l'idée ridicule de jouer au

héros pour elle, mais je ne vais pas vous laisser gâcher votre vie *ou* la sienne en vous laissant vous attacher. Elle n'est pas une sorte de *jouet* qui tombe à pic.

Lawrence ressentit une bouffée de fureur et il réagit sans réfléchir. Son poing atteignit Avery à l'œil, le faisant tituber en arrière en poussant un juron avant qu'il ne puisse lever les poings pour se défendre.

— Vous voulez vraiment qu'on en parle avant le petit-déjeuner ? lâcha Avery. Vous savez comment cela va se terminer. Et alors, que dira Mère ?

— Mère dirait : *vous ne feriez mieux pas !* déclara une voix féminine.

Elle provenait de l'encadrement de la porte de l'étude de Lawrence. Avery et lui se tournèrent pour regarder leur mère avec horreur. Elle les fusillait du regard. Lady Russell venait d'arriver.

5

Jane Russell était une femme superbe de cinquante-deux ans avec des cheveux roux foncé et des yeux noisette. Toutefois, Lawrence ne se laissait pas tromper par la beauté de sa mère. Il savait qu'elle était une des matrones les plus féroces de la bonne société en ce qui concernait les manigances, particulièrement quand elle jouait aux entremetteuses. Elle possédait également la capacité étrange d'apparaître dans la vie de ses enfants alors qu'ils s'y attendaient le moins. Comme à présent.

— Tout le monde entre-t-il toujours dans ma maison sans frapper ? Où diable se trouve MacTavish et pourquoi ne fait-il pas son travail ?

Lawrence ouvrit et referma sa main qui palpitait et Avery frotta son œil douloureux. Ils se fusillaient toujours du regard.

— Un bon majordome sait mieux que personne

comment intercepter la mère d'un homme à sa porte d'entrée.

Jane tira sur le bout des gants, les retirant sans cesser de regarder ses fils. Elle haussa un sourcil roux d'un air désapprobateur.

— Pourquoi vous querellez-vous, tous les deux ?

Lawrence et Avery échangèrent un regard. Avery adressa à Lawrence un geste du menton si discret qu'il échappa à sa mère.

Ne dites rien.

Il en convenait : leur mère ne devait jamais apprendre la cause de leur dispute.

— Une dispute entre frères sans la moindre importance, n'est-ce pas, Avery ? demanda Lawrence d'un ton informel.

— Oui. Une dispute *sans la moindre importance*, dit-il en appuyant sur ses mots.

Puis il tourna le dos à leur mère et souffla une phrase de plus.

— *Une semaine, puis elle partira.*

Une semaine ? Il ne pouvait pas laisser Zehra rentrer... pas en Perse, en tout cas. Ses parents avaient été assassinés sous ses yeux. Elle ne serait jamais en sécurité là-bas. Elle se retrouverait à nouveau sur l'estrade d'un autre vendeur aux enchères et il ne serait pas capable de l'aider. Il devrait expliquer à Avery quel danger Zehra courait, mais en présence de leur mère, le moment était mal venu.

— Lawrence, arrêtez de plisser le front. Vous allez

vous enlaidir. Vous ne trouverez jamais une femme avec une expression aussi renfrognée, lui lança sa mère. Je vous apporte de bonnes nouvelles et j'aimerais vous en faire part en prenant le petit-déjeuner.

Jane se tourna et quitta l'étude. De toute évidence, elle espérait que ses fils la suivent.

Avery et Lawrence attendirent qu'elle ne soit plus en mesure de les entendre.

— Vous me la rendrez dans une semaine. Je m'assurerai qu'elle possède les fonds nécessaires pour rentrer chez elle en sécurité, murmura Avery.

— C'est précisément le problème, rétorqua Lawrence. Elle n'a pas de maison. Ses parents ont été assassinés par un homme en qui ils avaient confiance. Elle est parvenue à s'en sortir de justesse, seulement pour se faire enlever puis vendre. Ce n'est pas un endroit où elle peut retourner en toute sécurité. Elle finira par être vendue autre part, si ce n'est tuée.

Avery plaça une main sur l'épaule de Lawrence.

— Je comprends. Vos actes ont été étonnamment nobles, mon frère.

Le ton de son frère fit grimacer Lawrence. Il n'était pas un satané héros, mais il n'était pas un saligaud non plus.

— Mais votre mission est terminée, poursuivit Avery qui ne remarqua pas sa réaction. Le cartel qui l'a emmenée ici a été détruit. Je vous assure qu'elle est en sécurité à présent. Ce n'est pas comme si mes gens n'avaient aucune connexion en Perse. Je vous promets qu'elle sera bien installée et qu'on veillera sur elle.

Lawrence ne faisait pas confiance à ces connexions. Il se sentait responsable de sa Zehra. La laisser partir était une idée horrible.

— Vous m'entendez, Lawrence ? Je serai forcé de venir la chercher si vous ne me l'amenez pas.

Avery toisa son frère, mais Lawrence ne réagit pas et n'eut pas le moindre mouvement de recul. Avery avait beau être un espion, Lawrence restait le frère aîné. Il n'allait pas perdre cette guerre silencieuse.

— Dites à Mère que je ne peux malheureusement pas rester pour le petit-déjeuner.

Avery s'en alla, abandonnant Lawrence qui serrait les poings. Il prit plusieurs inspirations lentes avant de se sentir assez calme pour retourner à la salle à manger. Sa mère était déjà assise à table. Elle mangeait un œuf poché et plusieurs toasts avec de la marmelade.

— Venez vous asseoir, mon chéri.

Elle tapota la chaise à côté d'elle.

— Mère, vous savez que je suis ravi de vous voir, mais...

Jane ricana.

— Je suis certaine d'avoir interrompu quelque chose, peut-être un rendez-vous avec une maîtresse, mais elle peut attendre. Vous mangerez avec moi pendant que je vous ferai part de mes nouvelles.

Lawrence se jeta sur une chaise avec un grogne-ment, mais il ne mangea pas. Il attendrait Zehra.

— Alors, quelles sont vos nouvelles ?

Sa mère le regarda de haut comme si elle était tentée de le remettre à sa place, mais elle s'en abstint.

— Votre frère Lucien est casé, heureux et il attend un enfant. C'est ce que je désire pour *tous* mes enfants.

— Laissez-moi deviner. Vous avez trouvé une jeune femme qui serait parfaite pour moi ?

— Exactement, dit-elle avec un sourire victorieux. Elle est ravissante et intelligente. C'est un amour.

Il se pencha en avant et cala les bras sur la table.

— Je suis sûre que c'est une femme extraordinaire, Mère, mais je ne suis pas prêt à me poser.

— Votre frère disait la même chose.

Jane avala une gorgée de thé comme si elle essayait de dissimuler un sourire.

— Lucien était déjà follement amoureux de sa future épouse, mais il refusait de l'admettre. Je n'ai jamais ressenti cela envers la moindre femme.

Il joua avec une tasse de thé vide. Le regard flou, il parcourut avec le doigt le motif bleu et blanc de la porcelaine. *Si je prends Zehra et m'enfuis à Brighton ou quelque part très loin d'ici, nous n'aurons pas besoin de faire cas de toutes ces bêtises.* L'idée d'emmener Zehra quelque part où ils seraient seuls était si tentante qu'il dut se forcer à rester assis.

— Vous ne trouverez pas une future épouse en vous morfondant de la sorte.

— J'ai vingt-neuf ans, Mère. Un homme de mon âge

ne se morfond pas. D'ailleurs, j'ai beaucoup de chance avec les dames.

— De la chance ? Mon chéri, être célibataire et avoir des maîtresses n'est pas de la chance. Toute femme décente dotée de deux yeux aurait envie de vous. Vous êtes attirant et fortuné, mais ce n'est pas ce que je veux pour vous. Vous devriez être heureux !

— Je le suis ! gronda Lawrence.

— Vous ne l'êtes pas. Si vous l'étiez, vous ne gronderiez pas comme un vieil épagneul maussade. Vous vous morfondez. Vous refusez simplement de l'admettre.

— Me ronger le frein impliquerait qu'il existe une femme que j'aime sans pouvoir la posséder et ce n'est vraiment pas le cas.

Pourtant, alors qu'il prononçait ces paroles, il ne pouvait s'empêcher de songer à Zehra, une femme qu'il désirait désespérément. Il savait pourtant pertinemment qu'on ne devait pas prendre le désir pour de l'amour.

— Eh bien, vous le devriez peut-être. Le mariage a toujours fait du bien aux hommes. Une femme vous centre, vous donne une raison de vivre et de la joie.

Il ricana.

— Seulement pour certains. Vous avez eu de la chance en épousant Papa. D'autres sont assez bêtes pour se marier pour l'argent ou l'ascension sociale. On ne peut pas trouver une femme à Almack's après une simple danse et savoir que c'est celle avec qui on veut passer le reste de sa vie.

— C'est pourtant possible. C'est ainsi que j'ai rencontré votre père.

Son père. Le mari parfait, le père parfait... L'ombre qu'il avait laissée sur ses fils était trop grande pour qu'ils puissent s'en échapper.

— Mère, aucun d'entre nous ne sera à la hauteur de vos exigences. Nous ne pouvons pas tous être comme *lui*. Je ne suis même pas votre favori alors pourquoi perdre votre temps avec moi ?

Le cliquetis violent de la tasse sur la soucoupe lui fit lever les yeux. Elle plissait les yeux.

— Je n'ai *pas* de favoris. Comment pouvez-vous dire une chose pareille ?

Il ressentit un pincement de regret.

— Je suis désolé, Mère. C'est simplement que... Je n'ai guère dormi la nuit dernière. Pourquoi ne pren-drions-nous pas le thé demain ?

Il lui offrit une branche d'olivier, espérant qu'elle l'accepte. Il l'adorait, même si elle s'immisçait constam-ment dans sa vie.

Jane sourit.

— Le thé ?

— Ou un dîner. Comme vous voulez.

Il se frotta les tempes alors qu'une migraine commençait à palpiter derrière ses yeux.

— Eh bien, vous pouvez venir au bal de lord Raleigh ce soir et rencontrer cette jeune femme. Son nom est Miss Hunt.

Elle avait à nouveau une lueur intrigante dans les yeux et il sut que toute résistance aurait été futile.

— Très bien. Je viendrai. Mais une seule danse, vous m'entendez ? Si Miss Hunt ne m'intéresse pas, nous n'en parlerons plus.

— Bien entendu, en convint-elle. Dites-moi, que se passe-t-il vraiment entre Avery et vous ?

Il claqua la langue et agita un index dans sa direction.

— Vous ne pouvez me demander qu'une faveur par jour, Mère. Je ne vous dirai rien d'autre.

— Très bien. Mais prenez garde, Lawrence. Les liens entre frères devraient être éternels. Si vous maltraitez le vôtre, vous risquez de le perdre.

— Vous devriez lui dire la même chose, grommela Lawrence.

— Je n'y manquerai pas.

Elle but ce qu'il restait de son thé puis prit ses gants et se redressa. Lawrence se redressa et se pencha pour déposer un baiser sur la joue de sa mère.

— Je vous verrai ce soir. Ne soyez pas en retard.

— Oui, Mère.

Il l'escorta jusqu'à la porte et la regarda partir. Ce n'est que lorsque sa calèche l'eut emportée très loin qu'il se précipita dans ses quartiers à l'étage avec un plateau de nourriture.

Zehra avait repris sa lecture, vêtue de l'horrible robe qu'elle portait au bordel. Enfin, elle n'était pas *horrible*, mais bien trop révélatrice, et ce négativement. Elle méritait de nouveaux vêtements dignes d'une princesse, pas d'une courtisane.

— Zehra, je prévoyais de faire venir la modiste afin de vous mesurer pour des robes, mais vous aimeriez peut-être sortir, prendre un peu l'air ?

Il plaça le plateau sur la table et s'approcha d'elle.

Les yeux de Zehra pétillèrent d'excitation.

— Pourrait-on ?

Elle reposa le roman et se retrouva sur ses pieds en un instant. Son sourire fit gonfler le cœur de Lawrence. Était-il possible de se sentir *trop* heureux ?

— Oui, j'ai pensé que ce serait agréable de passer la journée en ville, pour acheter tout ce dont vous pourriez avoir besoin. Malheureusement, je dois sortir ce soir, mais...

Au moins, je vais pouvoir passer la journée avec vous.

— Je vous remercie, Milord.

Elle se jeta vers lui et passa les bras autour de son cou. Il resta abasourdi pendant un moment sans savoir quoi faire ou dire. C'était une étreinte innocente, mais qui représentait également pour lui une tentation dévoyée. Un de ses bras s'enroula autour de sa taille et il la serra contre lui. Une odeur florale émanait des cheveux de Zehra et il ressentit l'envie d'enfoncer le nez dans ses mèches soyeuses.

— Pourquoi ne mangeriez-vous pas votre petit-déjeuner ? Puis quand vous serez prête, nous prendrons ma calèche jusqu'à Bond Street.

Zehra le lâcha et il fit la même chose, détestant être contraint de s'écarter d'elle. Cela ne lui ressemblait pas. Il n'était pas du genre à s'accrocher aux femmes et il n'aimait pas que les femmes s'accrochent à lui. Pourtant, avec Zehra, il découvrait que ses préférences habituelles ne s'appliquaient plus.

Elle s'assit dans le fauteuil près du feu et mangea son petit-déjeuner. Lawrence avait l'intention de la rejoindre dans le fauteuil voisin.

— Était-ce votre frère ?

Cette question l'arrêta net. Il tenait toujours le livre qu'il avait retiré de la chaise pour s'y asseoir.

— Euh... Oui. Comment le savez-vous ?

Elle inclina la tête.

— Je me suis inquiétée en ne vous voyant pas revenir. J'ai descendu quelques marches et je vous ai entendus vous disputer... à mon sujet.

Loin de paraître embarrassée, elle soutint son regard avec une résolution d'acier.

Lawrence savait qu'il devait lui dire la vérité.

— Mon frère est... eh bien... Il est au service de Sa Majesté et c'est lui qui m'a envoyé à la Maison Blanche. Je n'étais pas censé enchérir sur qui que ce soit, simplement observer. Il devait arriver plus tard avec des agents de la police et un magistrat afin d'arrêter en même temps les marchands d'esclaves et les acheteurs.

— Et il est en colère parce que vous m'avez achetée ?

Ses yeux étaient si obsédants, si fermes et si certains !

— Oui. Il est furieux contre moi.

Lawrence caressa le dos du roman qu'il tenait entre ses mains.

— On s'est légèrement laissés emporter.

Zehra émit un petit son qui ressemblait suspicieusement à un ricanement.

— Vous n'avez pas de frères et sœurs, n'est-ce pas ? demanda-t-il.

Elle grignota un toast et secoua la tête.

— Ma mère a eu un deuxième enfant, un fils, mais il a succombé à une fièvre à l'âge de six mois. C'était un beau bébé et même si je n'avais que quatre ans quand il est mort, je l'adorais. Je me souviens de ses yeux bruns, chaleureux et pétillants comme ceux de mon père.

L'émotion lui serra la gorge. Lawrence s'agita dans le fauteuil à côté d'elle, ébahi par la facilité avec laquelle il parvenait à discuter avec elle, même de sujets douloureux.

— Je suis désolée.

— Merci. Comme on dit, il est avec Dieu à présent, et je suis certaine qu'il est heureux.

Elle leva à nouveau les yeux vers lui et il se délecta de la façon dont ses cils sombres encadraient ces yeux bleu clair qui avaient pratiquement la couleur du turquoise.

— Et vous ? Un seul frère ? Ou bien en avez-vous d'autres ?

Elle avait à nouveau banni les fantômes de son passé et sa force étonnait Lawrence.

— Nous sommes plusieurs. Lucien, mon frère aîné, est le marquis de Rochester. Il a trente-trois ans. Mon frère Avery a deux ans de moins que moi. Il a vingt-sept ans. Puis il y a Linus, qui a vingt et un ans. Lysandra a dix-neuf ans.

— Autant !

Zehra écarquilla les yeux.

— Ce doit être fantastique d'avoir autant de frères et sœurs. Ma mère a un frère et une sœur, mais je n'ai jamais eu l'occasion de les rencontrer. Mon père était fils unique. De bien des façons, il était solitaire.

— Eh bien, vous n'êtes plus seule à présent, murmura-t-il.

Si cela ne tenait qu'à lui, elle ne serait plus jamais seule.

— Non, je ne suis plus seule.

Ses yeux recommencèrent à pétiller et il se reprocha amèrement d'avoir ramené sa douleur à la surface alors qu'il avait essayé de lui prodiguer du réconfort.

Ses lèvres affichèrent un léger sourire.

— Vous devez arrêter de faire cela.

— Faire quoi ?

— De me regarder comme si j'étais un petit eyas fragile.

— Un eyas ?

— Un bébé faucon qui n'est pas encore prêt à quitter le nid. Vous n'avez pas de faucons ici ?

Il répondit avec un petit rire.

— Si, mais de nos jours, bien peu de gentlemen s'adonnent à la fauconnerie.

Elle but un peu du chocolat chaud qu'il lui avait apporté pour son petit-déjeuner.

— Seulement des hommes ?

— Eh bien, principalement des hommes. Je suppose que quelques dames de la campagne s'adonnent peut-être à ce sport. J'en déduis que vous vous y adonniez en Perse ? Il n'avait aucun mal à se l'imaginer avec un faucon sur le bras, reine des oiseaux de proie. Cela aurait été une vision époustouflante !

— J'étais une experte. Le nom d'Azar, mon oiseau, évoque le feu. Elle était belle. Je ne sais pas ce qui lui est arrivé après l'incendie. J'espère que les oiseaux se sont échappés. La nuit, je ne l'attachais pas, elle ou les autres.

— Je suis certain qu'elle va bien. Les oiseaux, particulièrement les faucons, sont des créatures intelligentes.

— Effectivement.

Elle se tourna vers lui. Elle avala la dernière bouchée de son petit-déjeuner.

— Qu'a dit votre frère pour vous contrarier autant ?

Il espérait qu'elle aurait oublié.

— Zehra... commença-t-il, redoutant la moindre parole. Je dois vous renvoyer chez vous.

— Non !

Elle quitta le fauteuil et, tombant à ses pieds, elle lui saisit les mains.

— Non, pas tout de suite ! Pas avant d'être sûr que vous serez en sécurité.

— Non, je vous en prie, laissez-moi rester ! Je serai plus en sécurité ici.

Ses suppliques lui déchirèrent le cœur.

— Je le ferais volontiers, mais cela ne dépend pas de moi. Avery est en position de force et ses hommes essaient d'éviter un incident avec votre pays. S'il insiste pour que vous partiez, je ne peux pas l'empêcher de vous emmener. Je l'ai convaincu de nous donner une semaine.

— Une semaine...

Elle serra les poings plus forts et il l'encouragea à se redresser. Il n'accepterait jamais que cette femme se prosterne devant lui ou n'importe quel homme.

— J'ai sept jours pour m'assurer de votre bonheur, Zehra, par tous les moyens possible. J'ai déjà manqué à ma parole pour tout le reste et...

Il ravala rapidement la boule qu'il avait dans la gorge. Quand il la regarda, il sut qu'il ne ressentait pas du simple désir comme il l'avait pensé au début. Elle lui donnait envie de devenir un homme meilleur, un homme qui la *méritait*.

— Comme je l'ai dit, les hommes de mon frère font tout leur possible pour s'assurer que vous serez en sécurité. Vous pouvez lui faire confiance.

— Sept jours suffiront, murmura-t-elle.

Puis elle fit une chose à laquelle il ne se serait jamais attendu. Elle se pencha vers lui et le prit par surprise en lui donnant un baiser. Leur rencontre fut brève, mais pleine d'un espoir passionné. Il n'avait jamais connu un tel baiser, aussi réel, aussi éternel et pourtant trop rapide. Quand elle s'écarta, il la regarda, ébahi.

— Zehra, ne pensez pas que vous avez besoin d'agir ainsi.

Le sourire timide de la jeune femme contenait à présent une note de témérité.

— Je ne veux pas vous voir à ma solde... ni remporter vos faveurs, d'ailleurs. Je vous crois quand vous dites que votre frère a capturé mes ravisseurs et que ses gens feront tout leur possible pour me ramener à la maison saine et sauve. Mais si je dois partir, alors je souhaite connaître un peu de bonheur avant. Avec vous.

Il comprenait ce qu'elle lui disait. C'était peut-être dû à son désir désespéré de la voir rester, mais si leur temps ensemble devait être aussi court, alors pourquoi ne pourraient-ils pas en profiter ?

— Comme vous voulez, lui promit-il en se plongeant dans ses yeux.

S'il avait douté un instant qu'elle soit une princesse, ses doutes s'étaient évaporés. Peu importait ce qu'en pensait Avery : elle était de sang royal.

Je vous donnerai une semaine de bonheur avant votre départ, ma princesse.

6

Lord George Lyon, comte de Denbruck, était assis au milieu de son salon dans son fauteuil confortable. Il regardait son fils et sa fille qui jouaient au *snapdragon* avec leurs conjoints et leurs enfants. Ses yeux se délectèrent du spectacle de sa famille heureuse. À l'âge de soixante-douze ans, il n'était plus du premier bois, mais rester jeune était facile quand il passait du temps auprès de ses petits-enfants.

— Père ? dit son fils Archibald qui se présenta avec une lettre à la main. Ceci vient d'arriver pour vous. Le valet l'a laissée sur la table, mais je crois que vous ne l'avez pas vue.

— Merci, Archie.

George prit la lettre, étudia le sceau sur le parchemin et son cœur fit un bond. C'était un sceau qu'il attendait depuis près de deux mois et avait espéré voir tous les jours. Il s'efforça d'ouvrir la lettre à la hâte sans l'abîmer. Mais quand il entama sa lecture, le monde parut devenir gris.

LORD DENBRUCK,

C'est le cœur lourd que je dois vous informer du destin de votre fille Joan et de son époux, Rafay. Ils ont été tués dans un raid par un rival local qui possède à présent ses terres. Votre petite-fille Zehra compte au nombre des disparus. Nos hommes ont cherché parmi les corps, sans la retrouver. Nous pensons qu'elle a été enlevée, comme beaucoup de femmes dans son palais l'ont été, pour être vendue en esclavage. Je me donne pour mission de la retrouver ou du moins si j'échoue, d'apprendre ce qui lui est arrivé.

Bien à vous.

Michael Southerby

LA LETTRE S'ÉCHAPPA DES MAINS DE GEORGE ALORS QUE ses yeux se remplissaient de larmes.

— Papa ?

Sa fille Élizabeth rejoignit Archie à son côté.

— Que se passe-t-il ?

— Emmenez les petits. Je…

Il s'étrangla.

— Je dois m'entretenir avec vous deux en privé.

La femme d'Archie et le mari d'Élizabeth rassemblèrent leurs enfants et les firent sortir. Une fois qu'ils furent seuls, George pria ses enfants de s'asseoir. Il désigna le parchemin tombé par terre, qu'Archie se baissa pour ramasser.

— Lisez-la.

George pouvait à peine murmurer les mots.

Archie parcourut la lettre et ses yeux s'écarquillèrent. Sans un mot, il la donna à sa sœur.

— Joan est morte ? hoqueta Élizabeth.

Archie passa un bras rassurant autour d'elle.

— Père... Que s'est-il passé ?

La voix d'Archie était éraillée par la douleur.

George dut invoquer toute sa force pour parler aux deux enfants qu'il lui restait et tout leur dire.

— Depuis que votre sœur a épousé Rafay Darzi, j'ai gardé un œil sur eux. Michael Southerby, un vieil ami de son fils, est resté posté en Perse près de leur maison. Il a gardé un œil sur Joan et Rafay quand il en a eu l'occasion.

— Pendant toutes ces années ? demanda Elizabeth. Vous nous avez dit que vous l'aviez répudiée pour avoir épousé Rafay.

À son regret et sa grande honte, il l'avait fait, n'acceptant pas l'idée que sa fille aînée épouse un étranger, même s'il était un shah dans son pays. Joan avait épousé Rafay et avait abandonné la vie anglaise. Cela avait brisé le cœur de George ainsi que celui de sa femme. Elle était morte deux ans plus tard, le nom de Joan sur ses lèvres alors qu'elle expirait.

— J'ai dit que je le ferais... Mais je n'ai pas pu la laisser partir, pas sans savoir si sa fille et elle étaient en sécurité.

— Elle a eu une fille ? demanda doucement Archie. Nous avons une nièce ?

— Oui. Zehra a vingt ans. Une fille ravissante, m'a-t-on rapporté. Et aussi très intelligente. Southerby dit qu'elle a les yeux de sa mère.

George tremblait de douleur.

— Et maintenant, elle a disparu. Southerby est un homme bon, mais je crains qu'il ne soit pas capable de retrouver sa trace... si tant est qu'elle soit encore vivante.

La main d'Elizabeth vola jusqu'à sa bouche.

— Oh, mon Dieu ! La pauvre fille. Ne peut-on vraiment rien y faire ?

— Nous ferions n'importe quoi pour vous aider, Père, ajouta Archie.

George pencha la tête.

— Si je pouvais revenir au soir où Joan m'a dit qu'elle avait accepté la main de Rafay, je ne l'aurais pas repoussée. Tout aurait pu être différent si je n'avais pas laissé ma satanée fierté se mettre entre nous.

— Nous...

Elizabeth s'interrompit pour se reprendre.

— Il faut qu'on organise une cérémonie pour Joan.

Ses amis proches doivent être informés, ceux qui lui sont restés fidèles après le scandale.

— Oui, oui, très bien, murmura George.

Son esprit était pourtant à des milliers de kilomètres de là et son cœur battant ravivait le passé. Il s'efforçait de se raccrocher à des souvenirs dorés, des souvenirs de jours radieux quand sa fille chérie dansait dans les jardins, son petit tablier souillé par la poussière et sa voix aussi douce qu'un oiseau, quand elle chantait une berceuse qui parlait d'un rossignol.

— Croyez-vous, Papa ? demanda l'enfant.

Il prit la petite main qu'elle lui tendait et l'accompagna le long de l'allée du jardin.

— Croire quoi ?

Joan lui adressa un sourire radieux. Son esprit vif était doublé d'un cœur sincère.

— Qu'en chaque chose de ce monde, il se trouve, en substance, une âme ? Et qu'elles s'assemblent comme un immense puzzle ?

Comment n'aurait-il pas pu adorer une telle enfant et avoir le cœur brisé en la voyant grandir ?

— Ma chère petite...

Il reprit ses esprits, réalisant qu'Archie et Elizabeth l'avaient laissé seul avec sa tristesse. Il enfonça le visage dans ses mains et pleura amèrement. Sa fierté et ses erreurs lui avaient dérobé son enfant et sa petite-fille pour toujours.

— LA ROUGE. ET LA BLEUE, BIEN SÛR, DIT LAWRENCE QUI regardait Zehra de la tête au pied.

Debout sur le petit dais dans la zone d'essayage de Madame Ella, la jeune femme enroulait les bras autour de sa taille. Elle était entourée de miroirs et entrevoyait des reflets d'elle qui lui rendaient son regard émerveillé. Les robes étaient ravissantes... Non, plus que ravissantes. Leur qualité était extravagante, sans pourtant être surfaites du point de vue des ornementations et du style.

Lawrence croisa les bras et effectua un petit cercle attentif autour de Zehra.

— Qu'en pensez-vous, Madame Ella ? La modiste, qui scrutait aussi Zehra, se tapotait le menton du bout du doigt.

— N'importe quelle couleur vive fera l'affaire, Milord. Les pastels ne feraient pas honneur à son teint. Et ces yeux... Vous devez acheter des saphirs ! Ils refléteront parfaitement leur couleur éblouissante.

— Je suis d'accord. Je prendrai donc trois robes de voyage, quatre robes de soirée, quatre robes de jour, plusieurs chemises et d'autres effets personnels. Avec des gants assortis, bien sûr. Nos prochaines étapes sont le chapelier et le marchand de chaussures.

— Vraiment, Lawrence, je ne peux pas vous demander... commença Zehra.

— Ne dites rien, sans quoi je double la commande. Lawrence adressa un clin d'œil à la modiste qui se mit à rire.

— La moitié des robes sera prête dans quelques heures, puisque nous avions déjà des robes à moitié réalisées sous la main, et le reste mettra plusieurs jours. Si vous voulez, vous pouvez emporter tout de suite les effets de nuit et la robe qu'elle porte.

— Parfait.

Lawrence attendit que Madame Ella les laisse seuls puis il s'approcha de l'estrade. Perchée dessus, Zehra se retrouvait à sa hauteur et elle dut admettre qu'elle aimait le regarder dans les yeux. Il s'approcha et elle sentit de nouveaux frémissements nerveux dans son ventre.

Avait-elle été bête de l'embrasser ce matin-là ? Elle ne le pensait pas, mais ce geste avait été sauvage, scandaleux et complètement déplacé. Si elle l'avait fait en Perse, son père se serait battu contre cet homme pour venger son honneur et s'il avait survécu, il l'aurait forcée à l'épouser.

Songer à épouser Lawrence la fit rougir. Elle ne le connaissait même pas, pas comme elle aurait voulu connaître celui qu'elle avait l'intention d'épouser. Non qu'elle puisse un jour épouser Lawrence ou n'importe quel autre homme, car cette option lui avait été retirée pour toujours. Ce n'était pas la véritable raison pour laquelle elle l'avait embrassée, pourquoi le désespoir féroce de vivre ne serait-ce que pendant un moment selon ses propres termes était accablant. Cela avait été un baiser de remerciement, de passion et d'adieu tout à la fois.

Je peux connaître le plaisir et la joie avec lui, la caresse d'un homme que j'aurais choisi moi-même avant...

Avant qu'on ne la renvoie en Perse...

Même si les gens qui avaient détruit le cartel parvenaient à attraper Al-Zahrani, elle ne trouverait aucune liberté chez elle. La fortune de ses parents avait été saisie et elle ne possédait plus le moindre droit dessus. Au mieux, elle trouverait peut-être du travail de roturière.

Au pire, Al-Zahrani était toujours en liberté et il la retrouverait.

— Je ne peux pas m'empêcher de me demander à quoi vous pensez quand vous semblez si distante.

Lawrence lui saisit le menton avec une main alors que l'autre vint s'enrouler autour de sa taille, ses doigts traçant des motifs tourbillonnants apaisants sur la robe de mousseline rouge-rose qu'elle portait.

— Vous n'aimeriez pas connaître mes pensées, dit-elle.

Pendant quelques secondes, la tristesse grandit si fort en elle que la morosité faillit la consumer.

Puis il posa les lèvres sur les siennes. Même s'il avait commencé comme son propre baiser de tantôt, quelque chose d'autre s'y était immiscé. Elle sentit naître en elle de la chaleur et du désir jusqu'à ce qu'elle ne pense plus au passé. Il n'y avait que lui, son baiser, son contact, ses bras autour d'elle. Elle se plaqua contre lui, désirant tout ce qu'il pouvait lui donner. Il l'étreignit, la retenant de dégringoler de l'estrade alors que leurs lèvres s'écartaient. Le sourire béat de Lawrence faisait écho à la joie qui la remplissait et lui donnait un léger vertige.

— En quelle occasion ? demanda-t-elle avec un sourire tout en se mordant la lèvre.

— Mon père disait qu'un bon baiser pouvait tout soigner. Particulièrement les idées noires.

Il fit courir un doigt taquin le long du nez de la jeune femme. Ses yeux noisette étaient joviaux, comme les reflets d'un feu sur du miel.

— Les idées noires ?

Elle n'avait jamais entendu une expression aussi ridicule.

— C'est quand on se sent un peu déprimé. C'était efficace ?

— Oh ! pouffa-t-elle. Oui, absolument.

Un simple baiser et elle avait presque oublié l'objet de sa détresse !

— Bien.

Il fit courir son pouce sur ses lèvres, les yeux braqués sur elle comme s'il songeait à nouveau à l'embrasser. Elle n'y aurait vu aucun inconvénient, sauf que dans le dos de Lawrence, la couturière s'éclaircit la gorge.

— La robe et les autres vêtements sont emballés. Si vous le souhaitez, je les ferai livrer à votre résidence dans l'après-midi.

Madame Ella leva la main afin de remettre en place une mèche de cheveux poivre et sel.

— Merci, ce serait préférable, dit Lawrence sans prendre la peine de se tourner vers la modiste.

Zehra rougit quand il l'attrapa par la taille et la fit descendre du dais. Il s'accrocha à elle un instant de trop, assez longtemps pour la laisser inhaler son odeur et sentir la chaleur de sa haute silhouette puissante si près d'elle.

— Passons-nous aux souliers, aux chapeaux et aux bijoux ? demanda-t-il avec un sourire malicieux.

— Vraiment, Lawrence, nous ne devrions pas, protesta-t-elle.

— Allons, Zehra ! Madame Ella a raison. Votre joli cou requiert des saphirs.

Elle l'autorisa à l'escorter hors de la boutique de vêtements, un bras passé dans le sien. Elle avait beau porter une ravissante robe en mousseline rayée rouge et blanche, elle se sentit étrangement exposée quand ils descendirent dans la rue.

Chez elle, elle avait vécu une existence relativement cloîtrée. Elle avait été tenue à l'écart de la plupart des hommes, hormis son père et les amis de ses parents. En même temps, elle avait été libre de prendre son cheval pour aller galoper à travers les collines derrière le palais de son père ou de passer des heures à lire au soleil ou à étudier, allongée sur une couverture.

Ici, il n'existait pas de telle liberté. Londres grouillait de gens, de couples, de serviteurs, d'hommes à cheval et de calèches qui filaient à grand bruit. C'était animé, bruyant et légèrement oppressant. Le temps qu'ils finissent d'acheter les souliers, les bijoux et les chapeaux, les bruits du chaos environnant avaient donné la migraine à Zehra.

— Tout va bien ? demanda Lawrence quand il remonta dans la calèche avec elle.

— Oui. Je ne suis pas habituée à une telle... activité.

Elle se toucha les tempes du bout des doigts.

— Pourquoi ne pas vous ramener à la maison pour vous reposer ? Nous pourrions partager un dîner tranquille avant mon départ.

Elle redressa le dos, remplie d'inquiétude.

— Votre départ ?

Elle n'avait pas envie de s'accrocher à lui, mais il était la seule personne qu'elle connaissait et en qui elle avait confiance dans ce nouveau pays déroutant.

La joie de Lawrence s'évapora.

— Malheureusement, je dois assister à un bal ce soir. Je ne compte pas vous laisser très longtemps. Peut-être deux heures.

— Un bal ?

Elle ne parvint pas à dissimuler l'espoir dans sa voix. Sa mère avait l'habitude de raconter les histoires les plus extraordinaires sur les nuits qu'elle passait aux bals, les robes magnifiques qu'elle portait, les danses, les gentlemen avenants et la musique...

— Oui, j'ai promis à ma mère que j'irais.

Le ton acerbe de Lawrence le fit paraître presque enfantin et elle éclata de rire.

— Vous n'aimez pas les bals ? demanda-t-elle.

— *Aimer* les bals ?

Il s'esclaffa.

— Qu'ont-ils de plaisant ?

Zehra rougit.

— Eh bien, on m'a dit que c'était beau et plaisant. La lumière des bougies, la danse, la musique…

Sa voix mourut quand elle remarqua qu'il l'observait avec attention. Elle se pencha en avant sur son siège.

— Y avez-vous déjà assisté ?

Elle secoua la tête.

— J'en ai entendu parler et j'ai envie de m'y rendre depuis mon enfance, mais ils ne font pas partie des coutumes de mon pays. Cela ne se fait pas pour les hommes et les femmes de danser si près l'un de l'autre ou de se toucher.

Lawrence resta silencieux pendant un moment puis il rit doucement. Ce son chaleureux et profond provoqua chez Zehra des frissons délicieux.

— Nous ne sommes pas censés être trop proches non plus, à part durant les valses, bien sûr.

En prononçant ses paroles, il se rapprocha et tendit les mains à travers l'habitacle pour prendre celle de la jeune femme.

— Demain, nous pourrions aller à Richmond pour faire un pique-nique. Il y a de jolies collines avec un panorama agréable. Nous pourrons passer un bon moment loin de l'animation de la ville. Qu'en pensez-vous ?

— Cela a l'air fantastique.

— Parfait.

Lawrence sourit, mais elle vit que son regard heureux était tempéré par une note de mélancolie.

Ils avaient sept jours. Pas un de plus.

Je dois en profiter au maximum.

7

Ces maudits bals !

Lawrence détestait porter les culottes courtes obligatoires requises pour les bals et la danse. Il préférait de loin la coupe d'une bonne paire de pantalons. Il n'était pas un dandy à la mode, mais il aimait ressembler à un gentleman, même si son comportement suggérait qu'il n'en était pas un.

— Elle sait que je n'ai pas envie d'être là, marmonna Lawrence à son frère Lucien qui était adossé au mur du fond à côté de lui.

Côte à côte, on aurait pu les prendre pour des jumeaux si on ignorait qu'ils avaient quatre ans d'écart.

Lucien ricana.

— *Aucun* d'entre nous a envie d'être là, mais vous savez comment est Mère. Elle sait précisément comment nous contraindre à obéir à ses désirs.

— Qu'a-t-elle dit pour vous convaincre de venir ? demanda Lawrence.

Même à trente-trois ans, Lucien s'inclinait toujours devant les diktats de sa mère, comme ils le faisaient tous.

— Elle m'a rappelé qu'Horatia ne pourra plus danser en fin d'été ou à l'automne à cause de sa grossesse. Je n'ai pas l'intention de cloîtrer ma femme et Mère a raison quand elle dit qu'elle ne sera pas capable de danser. J'accepte donc tout engagement social auquel Horatia souhaitera assister tant qu'elle en sera capable.

Il désigna du menton une silhouette distante, une ravissante brune qui dansait avec Linus, leur benjamin. Elle rayonnait, son visage illuminé par le plaisir de la danse. Le cœur de Lawrence fit un léger bond. Il aurait voulu amener Zehra ici ce soir, mais Avery avait raison. Elle n'avait aucune connexion, aucun moyen d'être convenablement acceptée en société. Elle serait perçue comme sa maîtresse (ou pire), et ne pourrait pas être présentée aux dames bien nées. Son seul désir était d'assister à un bal et il ne pouvait même pas le lui donner !

Ou alors... ? Un plan le prit par surprise. Un plan dont les possibilités lui donnèrent le vertige.

Une fois la danse terminée, Horatia et Linus vinrent les rejoindre.

— Horatia, puis-je m'entretenir avec vous pendant un instant ? demanda Lawrence.

Sa belle-sœur ouvrit des yeux surpris. La dernière fois que Lawrence s'était retrouvé seul avec elle, il avait essayé de l'embrasser afin de rendre Lucien jaloux, et sa tentative sincère pour rapprocher les amoureux n'avait pas été la bienvenue. Toutefois, tout avait été expliqué et pardonné. Du moins l'espérait-il.

— Je le suppose.

Gardant les joues rouges après avoir dansé, elle adressa un geste du menton à Lucien qui plissa les paupières et la laissa partir à contrecœur.

Lawrence emmena Horatia vers une alcôve de la salle de bal des Raleigh, où ils ne seraient pas surpris par qui que ce soit.

— Horatia, je crains d'avoir une faveur très importante à vous demander.

— Oui ?

Ses yeux bruns étaient chaleureux et accueillants. Sa nature était si opposée à celle du frère de Lawrence ! Lucien était d'un naturel sombre, mais apparemment, ils allaient bien ensemble.

Comme Zehra et moi semblons le faire... Cette pensée dangereuse flotta à travers son esprit avant qu'il ne puisse l'arrêter.

— Je... L'autre jour, j'aidais Avery dans son travail. Il y avait une vente aux enchères à la Maison Blanche.

Il attendit de voir si elle comprenait à quoi il faisait allusion.

— Une vente aux enchères, répéta Horatia qui devint écarlate.

— Oui, et j'espérais trouver des hommes qui achètent ce genre de *marchandise*. J'ai essayé de sauver une de ces *marchandises*, qui se trouve actuellement chez moi sous ma protection.

— Je crois que je vous suis, dit-elle d'une voix aussi basse que la sienne.

— Cet *article* est très isolé et honnêtement, très joli, pas simplement de visage et de corps, mais également d'esprit. Et...

Il marqua un temps d'arrêt, abandonnant tout faux-semblant et se préparant au rejet.

— Pourriez-vous m'aider à lui faire plaisir ? Elle ne restera pas longtemps en Angleterre et elle aimerait assister à un bal avant de partir. J'ai envie de la rendre heureuse. Après tout ce qu'elle a traversé, c'est ce qu'elle mérite.

— Et vous voulez que je vous aide ? Mais comment, exactement ?

Elle n'avait pas rejeté catégoriquement son idée. C'était prometteur.

— Lucien, vous et quelques autres aimeriez peut-être passer dîner cette semaine, et on pourrait danser un peu ? J'ai un salon de bonne taille. On pourrait pousser les chaises et mettre quelqu'un au piano.

Il se trouvait désespérément stupide, mais elle ne rejeta pas cette idée.

— Je sais que cela a l'air terrible, mais je vous jure qu'elle n'est pas ce que vous pensez et elle n'est vraiment pas une...

Il ravala le mot *prostituée*.

— Elle a été enlevée de chez elle contre son gré. C'est pour cela qu'Avery était impliqué. Je...

Il se passa une main dans les cheveux.

— Je vous en *supplie*.

Il tendit les bras pour lui prendre les mains, prêt à se mettre à genoux au milieu du bal des Raleigh, en dépit du scandale.

Elle sourit.

— Lawrence, je vous en prie. Ne vous inquiétez pas. Je serais ravie de vous aider. J'essayais simplement de décider la meilleure façon de m'y prendre. Je devrais en parler à Émily et...

— Non, pas Émily. Je ne veux pas qu'elle soit impliquée, l'interrompit-il.

Si on apprenait que la duchesse d'Essex avait assisté à un bal privé avec une femme achetée...

Il ne voulait pas entacher la jeune dame en l'associant à la situation de Zehra. Sans parler du fait que son mari, le duc d'Essex, le battrait comme plâtre si la réputation d'Émily s'en voyait écornée !

Les yeux d'Horatia pétillèrent.

— Lawrence, vous devriez avoir déjà compris qu'Émily n'en fait qu'à sa tête. D'ailleurs, elle a connu l'expérience d'être enlevée et détenue contre son gré. Cela leur fournirait d'ailleurs de nombreux sujets de conversation.

Lawrence se détendit légèrement et se surprit à sourire.

— Si elle souhaite me proposer son aide, je serais ravi de l'accepter, mais vous devez lui expliquer toute la situation. Je ne veux pas affronter le duc d'Essex en duel au point du jour à cause d'un malentendu.

Elle pouffa.

— Je vous assure que la Société des Ladies Rebelles va s'en occuper.

C'est à ce moment que Lucien s'avança. Un pli lui barrait le front.

— La Société des Ladies Rebelles ? Ma chérie, ne me dites pas que vous fomentez quelque chose qui vous créera des problèmes.

Les yeux de Lucien étaient braqués sur Lawrence. La mise en garde lui était clairement destinée.

— Vous n'avez pas besoin de vous inquiéter. Cela ne vous concerne pas.

Elle passa un bras dans celui de Lucien et se colla à lui.

— Maintenant, venez. Vous m'avez promis la valse suivante.

Le regard de Lucien s'adoucit alors qu'il baissait les yeux vers Horatia.

— C'est vrai.

Avec un sourire rassurant à Lawrence, Horatia entraîna Lucien vers la piste de danse.

Lawrence regarda le couple valser tout en essayant de réprimer une vague de mélancolie. *Zehra et moi ne danserons jamais ainsi, mais elle pourra connaître une certaine joie avant de devoir me quitter pour toujours.*

Il se secoua légèrement. Quand était-il devenu un tel imbécile romantique ?

— Ah, Lawrence ! Vous voici !

Quand elle l'aperçut, sa mère joua des coudes pour traverser un groupe de jeunes hommes.

— Vous devez vraiment cesser de vous cacher de la sorte. Je suis trop vieille pour jouer à cache-cache.

— Bonjour, Mère.

Il soupira quand Jane parvint à sa hauteur. Il avait réussi à rester discret pendant quasiment une heure. Sa mère tenait un éventail qu'elle referma d'une main et dont elle se servit pour le frapper à l'épaule.

— Vous n'avez pas encore dansé avec Miss Hunt. Je sais que vous vous êtes inscrit pour la prochaine danse, alors allez vous préparer.

— Oui, Mère, dit-il avec un grognement.

Puis il s'éloigna et se dirigea vers un groupe de jeunes dames. Quand il s'approcha, Miss Hunt – une femme blonde – parlait d'un air animé avec deux de ses amies. Elles devinrent toutes silencieuses. L'une d'elles s'arrêta en plein gazouillis, comme un étourneau apeuré.

— Miss Hunt.

Il lui adressa une révérence élégante.

— Je crois avoir réservé la danse suivante.

Les amies de la jeune femme se dispersèrent, la laissant seule. Elle rougit et accepta sa main. Attendant que la valse se termine, ils patientèrent aux abords de la foule.

— Je sais pourquoi vous êtes ici, Mr Russell, dit-elle à mi-voix.

Il haussa un sourcil alors qu'ils applaudissaient tous les deux à la fin de la valse.

— Vraiment ?

Miss Hunt répondit par un petit rire.

— Votre mère et mon père sont convaincus que nous irions bien ensemble. Mon père souhaite désespérément que je me marie.

Elle lui adressa un regard et il vit une lueur spéculative dans ses yeux.

— Ce n'est pas vraiment surprenant. Le mariage n'est-il pas le but de toutes les dames ? la taquina-t-il.

— Pour la plupart, certainement, mais pas pour moi, répondit-elle avec une honnêteté surprenante.

— Ah oui ?

Elle avait piqué sa curiosité.

— Et quel est votre objectif, Miss Hunt ?

Cette fois, sa partenaire était moins communicative et elle s'exprima d'une voix plus basse.

— D'être libre.

L'amusement du regard de la jeune femme vira à la mélancolie.

Lawrence ne put s'empêcher de sentir dans cette femme un écho de Zehra. C'était une fille douce et plus que ravissante, et elle aurait mérité de prendre du bon temps. Quelques taquineries de plus, peut-être, afin de lui arracher un sourire ? Il ne voulait pas danser avec une femme qui avait l'air aussi triste.

— Alors je ne suis pas à la hauteur ? Trop grand et trop beau, je suppose ?

Il gonfla la poitrine pour feindre la fierté tout en venant se positionner en face d'elle pour danser. Elle pouffa, mais ravala rapidement le son quand les dames près d'eux les regardèrent. Quand la danse commença, ils firent le tour des autres couples puis se retrouvèrent, ce qui laissa à Miss Hunt le temps de répondre.

— Je vous trouve bel homme, bien sûr, mais probablement bien trop turbulent pour en faire un mari domestiqué. Qui plus est, ma sœur – elle désigna une autre femme entourée par un groupe d'hommes insistants qui rivalisaient pour attirer son attention – souhaiterait vous dérober à moi si elle pensait que j'étais intéressée.

Lawrence étudia l'autre femme. Il était évident qu'elle était la cadette et à en juger par son sourire rayonnant et hautain, elle préférait être le centre d'attention.

— Cherchez-vous un homme posé et d'apparence passe-partout, quelqu'un qu'elle ne désirerait pas ? demanda-t-il quand ils se mirent en rang avec les autres couples.

— Oui. Un homme discret et raisonnable qui ne m'apportera pas le moindre problème.

Mais pendant une seconde, Miss Hunt trahit ses pensées en rougissant. Quoi que Miss Hunt affirme désirer chez un homme, c'était largement différent de ce qu'elle désirait vraiment.

— Cela ne me correspond absolument pas. Je ne peux que vous amener des *problèmes*.

Il lui sourit et elle lui adressa un sourire amical. Ils continuèrent de danser dans un silence détendu.

Quand la danse s'acheva, il se rendit compte qu'il appréciait la compagnie de Miss Hunt. Il était dommage qu'ils ne soient pas assortis. Il s'inclina sur sa main et elle se pencha pour lui murmurer :

— Vous devriez aller la rejoindre.

— Je vous demande pardon ?

Miss Hunt lui adressa un sourire entendu.

— La femme à qui vous n'avez cessé de penser durant tout ce temps. Je vois clairement dans vos yeux que vous êtes distrait. Un homme avenant n'est distrait que lorsqu'il pense à une femme. Si quelqu'un vous attend, vous devriez aller la rejoindre.

— Mais...

Il avait promis à sa mère qu'il resterait pendant plusieurs heures.

— Partez, Milord. Vous ne manquerez à personne. Si je croise votre Mère, je lui dirai que je ne nous trouve pas compatibles.

Le soulagement envahit Lawrence. Il pouvait retourner auprès de Zehra et passer le reste de la soirée en sa compagnie !

— Je vous remercie, Miss Hunt, vraiment. J'espère que vous trouverez l'homme raisonnable et tranquille que vous recherchez.

— Je vous remercie.

Miss Hunt rougissait à nouveau. Lawrence lui jeta un dernier regard en quittant la salle de bal. Elle avait l'air totalement esseulée et il ressentit pour elle une note de pitié. Après tout, c'était une fille ravissante. Il espérait qu'elle trouve quelqu'un digne d'elle.

Le temps que Lawrence se glisse en douce hors de la salle de bal, il était plus que disposé à rentrer. Miss Hunt avait raison. Il n'avait pensé qu'à Zehra pendant toute la soirée. Elle était si ouvertement solitaire qu'il avait détesté la laisser seule ce soir-là. Il attendit sa calèche en faisant claquer ses gants contre sa paume.

Mais alors qu'il montait dans son véhicule, il eut la sensation étrange qu'on l'observait. Les poils de sa nuque se hérissèrent et il regarda autour de lui. Pendant une minute, il jura avoir vu une ombre se détacher sur le mur de l'autre côté de la rue, mais quand il se pencha en avant pour mieux y voir, elle avait disparu. Elle n'avait peut-être jamais existé. Il n'en était pas sûr. Il descendit le reste des rues obscures, gardant un œil sur la route à travers la petite vitre, même s'il ne vit personne.

Il ne parvenait pourtant pas à se défaire de l'impression d'être *observé*.

8

Zehra tourna la dernière page du roman qu'elle avait trouvé dans la chambre de Lawrence plus tôt dans la journée. Trouver une lecture si passionnante avait vraiment été merveilleux. Elle avait déjà lu des romans anglais, mais jamais du genre « gothique », comme Lawrence l'avait appelé, car c'était chose rare à Shiraz, la région dont elle venait. Les aventures de lady Isabelle l'avaient distraite de sa solitude pendant un moment, mais quand elle entendit le claquement de la porte qui s'ouvrit, son cœur fit un bond.

— Zehra ?

La voix de Lawrence était douce, comme s'il craignait qu'elle soit endormie.

— Je suis là.

Elle posa le livre et se redressa, surprise par la joie qu'elle ressentait en le revoyant. C'était difficile à expliquer, mais c'était comme si, chaque fois qu'elle le voyait, il amenait le soleil dans la pièce, même lorsqu'il faisait nuit.

Il sourit quand il la vit.

— Ah, vous êtes réveillée. J'ai pensé que vous étiez peut-être allée vous coucher. Il est près de minuit.

Elle secoua la tête.

— Je suis fatiguée, mais je ne parviens pas à me reposer.

Après le dîner, sa soirée avait été rongée par les soucis. Elle devait retrouver la famille de sa mère, mais n'avait aucun moyen de le faire. Si elle demandait à Lawrence de l'aider, cela risquait de le mettre en danger, mais si elle ne le faisait pas, elle mettrait peut-être sa propre famille en danger.

Al-Zahrani trouverait certainement sa famille avant elle, et il avait dit à son compagnon au bordel qu'il tuerait tous ceux qui se dresseraient entre Zehra et lui. Elle lutta contre le dégoût qu'elle ressentit à la pensée de se retrouver sous la coupe de cet homme malfaisant. Les choses qu'il lui avait dit qu'il lui ferait, les tortures qu'il voulait infliger, les plaisirs qu'il tirerait d'elle alors qu'il briserait sa résistance... Elle était bien placée pour connaître l'étendue de l'ingéniosité d'Al-Zahrani. Se dresser contre lui était comme de colle son propre cou contre l'épée.

Non, elle ne pouvait mettre en danger la vie de personne, ce qui signifiait qu'elle allait devoir se montrer très prudente afin de rechercher sa famille... si famille il y avait. Après tout, son grand-père avait répudié sa mère et il était parfaitement plausible qu'il ne sache même pas qu'elle existait. D'ailleurs, même s'il le faisait, rien ne garantirait qu'il veuille la voir. Malgré tout, elle ne voulait pas mettre son aïeul en danger si Al-Zahrani faisait surveiller sa maison.

Lawrence s'approcha d'elle, le visage inquiet.

— Qu'y a-t-il ? Vous êtes devenue très pâle, tout à coup.

Il lui prit le menton et elle s'abandonna à sa caresse, espérant que sa force et son réconfort bannissent toutes ses peurs. Elle devait rester forte ! Lawrence ne serait pas toujours là pour combattre ses démons.

— Je vais bien, je vous le jure, murmura-t-elle en le regardant.

Il inclina la tête et ses doigts jouèrent avec une mèche brune égarée.

— Vous êtes en sécurité, à présent, je vous le promets. Vous n'avez rien à craindre.

Elle se mordit la lèvre avant de répondre.

— Rien à craindre jusqu'à la fin de notre semaine, quand je rentrerai en Perse.

La douleur qu'elle lut brièvement dans ses yeux reflétait la blessure de son propre cœur. Elle ne voulait pas quitter l'Angleterre et toutes ses motivations se décuplaient lentement. La plus importante d'entre elles se dressait d'ailleurs devant elle. Elle baissa les yeux vers son torse large et le gilet joliment brodé qu'il portait. Le tissu arborait de magnifiques hirondelles en fils d'argent et d'or. Elle tendit le bras et plaça la main sur sa poitrine, pas pour le repousser, mais pour qu'ils entrent en contact. Il retira les doigts de ses cheveux et les referma autour de son poignet pour serrer sa main contre lui.

— Je ne suis pas un gentleman, certainement pas, mais...

Il sourit avec tristesse.

— J'aimerais être là pour vous, ma chère, de toutes les façons possibles.

— C'est vraiment noble de votre part, ne put-elle s'empêcher de le taquiner.

Il poussa un petit ricanement qui lui parut délicieusement coupable.

— Tout le monde m'accuse soudain d'être particulièrement noble ! Je vous garantis que je suis tout sauf cela. Si vous étiez capable de lire dans mes pensées...

— Ah oui ?

Elle croisa son regard, surprise par le désir puissant qu'elle y lut. Cependant, au lieu de l'effrayer, il lui faisait bouillir les sangs et tourner la tête comme si elle avait bu trop de vin chaud.

— Mes pensées me vaudraient certainement une gifle, et je l'aurais bien méritée.

Elle écarta la main de son torse et c'était comme si une lumière sensuelle passait entre eux. Trouvant difficile de résister à ses désirs, il se pencha d'un centimètre.

— Et qu'est-ce qui vous vaudrait une gifle, dites-moi ? demanda-t-elle d'une voix essoufflée en attendant de voir s'il allait confesser ses pensées.

— Vous agripper par la nuque et vous embrasser, *fort*.

Elle retint son souffle.

— Mais vous ne vous arrêteriez pas là… poursuivit-elle. Cela ne vaut pas une gifle. Dans les faits, peut-être, mais pas en pensée.

— Non, certainement pas, mais ce ne serait que le début. Ensuite, je vous plaquerai contre le mur, je retrousserai votre jupe et je me servirai de mes doigts pour vous faire jouir.

Sa voix était rauque et basse, avec un tranchant délicieux qui la fit frissonner.

— C'est tout ?

Elle s'appropria alors ses fantasmes, souhaitant désespérément qu'une partie de lui renonce à son comportement noble et fasse ce qu'il avait dit.

— Puis quand vous serez alanguie et satisfaite, mes mains serrant vos fesses plantureuses et ma bouche sur votre cou, vous mordillant et vous suçotant jusqu'à ce qu'on ne puisse plus marcher, l'un comme l'autre, je m'enfoncerai en vous, vous prendrai fort contre le mur et vous ferai voir des étoiles.

Ses doigts étaient toujours refermés autour de son poignet. Pendant qu'il parlait, il lui caressait le revers de la main avec le pouce. Une montée de désir sensuel couvait bas dans son ventre et entre ses cuisses. Elle voulait qu'il le fasse, vraiment, mais elle craignait que cela ne la fasse paraître dévoyée et commune.

— Je...

Elle lutta pour trouver ses mots. Il avait certainement dit tout ce qu'elle voulait entendre et plus encore. Puis avec un sourire coquet, elle leva sa main libre et lui tapota doucement la joue.

— Clap.

Pendant une seconde, il la regarda d'un air choqué avant de sourire comme s'il comprenait qu'elle lui rendait ses taquineries.

Il lui lâcha la main.

— Vous n'avez pas à vous inquiéter. J'ai le contrôle.

Il s'éclaircit la gorge puis jeta un regard vers son lit.

— Vous devriez être en train de dormir. Après tout ce qui s'est passé, je pense que vous avez toujours besoin de repos.

Il lui fit signe de le suivre jusqu'à la porte.

— Laissez-moi vous accompagner à votre chambre. Les bonnes doivent l'avoir préparée pour vous.

La repoussait-il ? Avait-il interprété sa gifle à tort comme une mise en garde et pas une invitation ? Elle avait cru qu'il savait qu'elle désirait ses avances. Peut-être ne la désirait-il pas autant qu'elle le désirait. Il pouvait tourner de jolies paroles de façons scanda-leuses, mais c'était peut-être un jeu et il n'en pensait pas le moindre mot. Cette pensée lui pesait. À présent, elle n'avait plus envie que de Lawrence. Elle n'aurait pas d'autre occasion d'entrevoir le bonheur avant qu'on ne la mette sur un bateau pour l'envoyer vers un futur incertain.

Il l'escorta jusqu'à une ravissante chambre à coucher dans le couloir avec des murs de satin bleu et un délicat lit en bois de noyer aux draps de soie blanche. Une pièce clairement destinée à une femme ! Elle ne pouvait s'empêcher de se demander combien d'autres elle avait accueilli avant elle. Un homme avec un tel visage et un tel corps ne dormait jamais seul.

Alors pourquoi ne me désire-t-il pas ? Elle ne pouvait lui offrir que sa personne et il ne voulait clairement pas d'elle. *Il ne veut peut-être pas abuser de moi après tout ce qui s'est passé ?* Elle ne pouvait pas se jeter sur lui ; ce n'était pas convenable. Elle espérait pourtant qu'il comprenne qu'elle voulait qu'il la prenne, voulait lui témoigner du plaisir... mais elle craignait de lui poser la question. Quoi qu'il se produise entre eux, elle voulait que ce soit dû à un désir mutuel, pas à un sentiment d'obligation.

— Je vais appeler la bonne pour vous aider à vous préparer au coucher.

Lawrence s'attarda sur le seuil de la porte, la tête légèrement baissée comme s'il était pris par une timidité soudaine.

— Il fera certainement beau demain pendant notre pique-nique. Nous pourrions descendre à une auberge si vous ne souhaitez pas retourner en ville une fois la nuit tombée.

— Qu'est-ce qu'un pique-nique ? demanda-t-elle.

Elle n'était pas certaine de connaître la signification de ce mot. Quand il en avait parlé plus tôt, elle n'avait pas songé à le lui demander.

Un sourire dansa aux coins des lèvres de Lawrence.

— On s'allonge sur des couvertures à l'ombre, au sommet d'une haute colline, et on se donne la becquetée.

Il s'agrippa au chambranle, ses joues adoptant une teinte similaire à celle de ses cheveux.

— Si cela ne vous dit rien, nous pouvons rester ici et...

— Non ! se hâta-t-elle de dire. Je trouve que c'est une très bonne idée.

Ses espoirs se ravivèrent. Ce pique-nique lui semblait romantique et c'était de romance qu'elle avait envie.

— Bien.

Lawrence semblait toujours timide, mais aussi plus confiant.

— Reposez-vous cette nuit. Nous partirons pour Richmond juste après le petit-déjeuner.

Une fois qu'il eut refermé la porte, elle se laissa tomber dans un fauteuil près de la cheminée. Jusqu'ici, elle avait apprécié la solitude, mais depuis qu'elle s'était réveillée cette nuit-là, dans les cris et le sang alors que le palais brûlait, elle ne supportait plus de rester seule très longtemps. Elle se redressa et s'approcha d'un pas. Puis, surprise, elle recula d'un pas quand une jeune servante guillerette fit son entrée.

— Bonsoir, Miss. Le maître a dit que vous étiez prête à vous coucher ? Je m'appelle Éva.

Son sourire radieux mit immédiatement Zehra à l'aise.

— Oui, merci, Éva.

Elle présenta son dos à la servante qui déboutonna la robe de Zehra et l'aida à en sortir. Puis elle retira son corsage et le reste de son linge de corps tandis que la servante sortait une des chemises de nuit coûteuse que Lawrence lui avait achetées.

— Quel tissu précieux ! dit Éva quand ses doigts touchèrent le vêtement.

Elle rougit quand elle vit que Zehra la regardait.

— Désolée, Miss.

Zehra ne voulait pas que la servante se montre timide ; elle avait besoin de toutes les amies qu'elle pourrait se faire.

— Il a un goût exquis, n'est-ce pas ? dit Zehra en caressant à son tour le tissu délicat.

— Effectivement, dit Éva. Il a bon goût sur presque tous les points.

La bonne pouffa en jetant un regard à Zehra puis elle rougit furieusement.

— Pardonnez-moi, Miss. Je n'avais pas l'intention de sous-entendre que...

Zehra rit avec elle.

— Il n'y a pas de mal. Dites-moi, Éva, Mr Russell amène-t-il beaucoup de femmes ici ?

Elle savait que poser une telle question était risqué,

mais elle avait besoin d'en savoir plus sur lui. En vérité, elle avait besoin de savoir si elle n'était qu'une parmi tant d'autres qui s'étaient laissé prendre à sa douceur et à son charme. *Me fais-je des illusions ?*

— Il a amené plusieurs ladies – des maîtresses, bien sûr –, quoique pas récemment. Généralement, elles demeurent dans ses appartements jusqu'au petit matin puis s'en vont.

— Mais cette pièce... Elle est si féminine ! J'ai pensé que c'était peut-être là qu'il logeait ses maîtresses.

Éva souleva la chemise de nuit pour que Zehra puisse la faire passer sur sa tête et enfoncer ses bras dans les manches. Le tissu délicat murmura sur sa peau tout en descendant le long de son corps.

— Cette chambre ? C'est là que restent la mère ou la sœur du maître quand elles viennent lui rendre visite.

Zehra fut soulagée quand elle apprit que cette pièce n'était pas destinée aux maîtresses de Lawrence. D'un autre côté, elle n'aimait pas l'idée qu'il l'éloigne de lui alors qu'elle lui avait dit qu'elle voulait rester en sa compagnie.

— Et comment sont-elles ? Sa mère et sa sœur ?

Éva ricana et fit signe à Zehra de s'asseoir dans le fauteuil situé près de la coiffeuse dorée. D'une main adroite, la bonne se mit à retirer les épingles de sa coiffure. Les mèches sombres de Zehra retombèrent sur ses épaules et son dos en douces vagues naturelles.

— La mère du maître est une vraie dame.

— Comment cela ? demanda Zehra.

Une lueur malicieuse apparut dans les yeux de la jeune femme et Zehra devina que le compliment signifiait plus que les mots de la servante le laissaient entendre.

— Elle est la mère de quatre garçons, tous turbulents, révéla Éva en pouffant.

— Elle doit être une femme formidable et intelligente pour survivre à l'éducation de ces garçons.

Zehra passa les doigts à travers ses cheveux et sourit.

— Quatre garçons. Quel défi !

— Effectivement.

Éva coiffa doucement les cheveux de Zehra avec une brosse en argent jusqu'à ce que les nœuds aient tous disparu. Le léger son du va-et-vient de la brosse était délicieux et elle ferma les yeux pendant un long moment, se délectant du réconfort simple que cela lui offrait.

— Miss, j'espère que vous ne me tiendrez pas rigueur de mon audace...

Zehra ouvrit les yeux.

— Non, pas du tout. Je vous en prie, dites ce que vous avez à dire.

Éva posa la brosse dont la poignée brillait dans la pénombre.

— Vous serez gentille avec elle, n'est-ce pas ?

Zehra inclina la tête.

— Gentille avec lui ? C'est lui qui me témoigne de la gentillesse. Pourquoi ne la lui rendrais-je pas ?

Les joues d'Éva rosirent, mais elle poursuivit.

— Je ne suggérais pas le contraire, Miss. C'est un homme bon, même si ses actes ne le sont pas. Nous, le personnel, sommes les seuls à le *savoir*, voyez-vous. Il ressemble à son frère aîné, le marquis de Rochester. Il a beau être audacieux et effronté, séducteur et dangereux, il ne l'est pas vraiment, si vous voyez ce que je veux dire, Mademoiselle. Il a un cœur en or que les gens ne voient pas toujours. En présence de ses frères, il est délaissé, puisqu'il est l'enfant du milieu. Je crois... je crois qu'il se sent seul et que le désespoir le rend un peu sauvage, vous comprenez ?

Les mots d'Éva frappèrent le cœur de Zehra. Elle avait été l'unique enfant de ses parents et elle avait su qu'elle avait de la chance de ne jamais avoir été négligée. Au fil des années, cela ne l'avait pas empêchée de regretter la compagnie d'un frère ou d'une sœur et elle aurait volontiers partagé l'amour et l'affection de ses parents si cela signifiait une famille plus grande.

— Je crois que je comprends.

Elle sourit à Éva et la bonne lui tapota les épaules. Zehra ressentit le besoin de réconforter l'homme qui l'avait secourue. Pas simplement parce qu'il l'avait sauvée ou qu'elle le trouvait attirant, mais parce qu'elle souhaitait sincèrement le rendre aussi heureux qu'elle-même l'était en sa présence.

— Quelque chose vous contrarie, Miss ? demanda Éva.

— Non...

Elle hésita.

— Non, ce n'est pas vrai. Je crains qu'il ne…

Elle laissa sa phrase en suspens, le visage écarlate, et elle dissimula ses joues derrière ses mains.

— J'apprécie beaucoup Mr Russell, mais je crains qu'il ne ressente pas le même intérêt pour moi.

Voilà, elle l'avait dit et Éva ne se gaussait pas d'elle, ne la regardait pas avec dégoût.

— Oh, vous lui plaisez. Je ne m'inquiéterais pas à ce propos, si j'étais vous, dit la servante avec un sourire malicieux comme si elle avait lu dans ses pensées.

— Vous croyez ?

Éva replaça sous sa calotte quelques mèches dorées qui s'en étaient échappées.

— Bien sûr, Miss. George, le valet du maître, a dit que le maître fredonnait pendant qu'il lui préparait son bain ce matin. Cela ne lui est jamais arrivé. Je crois qu'il a envie d'avoir des sentiments pour vous, plus qu'il n'en a jamais eu pour personne. Même sa mère et sa sœur ne sont pas traitées avec tant d'égards pour leur confort.

Zehra ne put s'empêcher de se pavaner un peu alors qu'Éva s'occupait du lit. Puis une ombre s'abattit sur sa joie. Et s'il n'agissait que par charité ? Elle ne voulait pas qu'il la perçoive comme un petit animal dont on devait s'occuper ou bien une mendiante à plaindre. Comment pouvait-elle lui faire dévoiler ses véritables sentiments ?

— Aurez-vous besoin d'autre chose, Miss ? demanda Éva en retournant les draps.

— Non, merci.

La servante sortit de la pièce et Zehra prit un nouveau roman sur la table près du feu avant de grimper dans le lit. Elle se sentait un peu mieux, mais aurait toujours voulu pouvoir passer la nuit dans les bras de Lawrence. Zehra ferma les yeux et le livre tomba sur ses genoux avant qu'elle ait eu le temps d'en lire ne serait-ce qu'un mot. Elle commença à s'abandonner à de doux rêves dans lesquels elle embrassait Lawrence. Toute image de massacre et de douleur disparut pour la nuit.

Demain, je le convaincrai que j'ai envie de lui, et lui me voudra peut-être aussi parce qu'il me désire vraiment. J'ai simplement besoin de le convaincre que c'est d'un rebelle dont j'ai envie, et pas d'un gentleman.

9

Zehra ne put s'empêcher de rire alors que Lawrence faisait de son mieux pour déplier une couverture sur l'herbe fraîche. Une légère brise ne cessait de créer des plis dans le tissu qui refusait de rester plat par terre.

— Tenez, laissez-moi faire.

Elle saisit l'autre côté de la couverture et ensemble, ils parvinrent à l'étaler.

— Ah ! Nous y voilà.

Lawrence aida Zehra à s'asseoir à côté de lui. Une fois installés, il ouvrit le panier en osier qu'il avait demandé à sa cuisine de préparer. Elle saisit l'opportunité de le regarder alors qu'il sortait la nourriture du panier et la disposait sur la couverture. Il était agenouillé à côté d'elle et elle admira ses cuisses puissantes, soulignées par son pantalon moulant dans cette position.

Zehra était fascinée par la façon dont le soleil au-dessus de la colline jouait sur les cheveux sombres de Lawrence. De l'ambre doré brillait et luisait sur sa chevelure. Elle n'avait jamais rencontré un homme avec cette couleur de cheveux. À présent que le choc de ce qu'elle avait traversé s'estompait lentement, elle commençait à faire plus attention aux aspects inhabituels de son apparence physique.

— Quoi ? demanda Lawrence.

Quand il se rendit compte qu'elle le scrutait, lui aussi observa son visage. Seuls quelques centimètres les séparaient et une énergie invisible paraissait s'étirer entre eux.

— Vos cheveux.

Elle leva la main sans y penser et y passa les doigts.

Un sourire joua sur les lèvres de Lawrence.

— Qu'ont-ils donc ?

Quand elle se rendit compte qu'elle les touchait toujours, elle laissa retomber ses mains sur ses genoux et rougit.

— Je n'avais jamais vraiment vu une telle teinte auparavant. Leur couleur est frappante.

— Il n'y a pas de poil-de-carotte là d'où vous venez ?

Son rire chaleureux la réchauffa jusqu'à la moelle.

— Des poil-de-carotte ? pouffa-t-elle. Vous voulez parler du légume ? Quel rapport avec vos cheveux ?

— Je suis un poil-de-carotte. C'est ainsi qu'on appelle les roux.

Souriant, il se passa la main dans les cheveux.

C'était le genre de sourire doux qui rappelait à Zehra son père et leur maison. Un sourire doux, enjoué, franc, mais seulement destiné à la personne qui avait la chance de le voir.

Elle commençait à mieux comprendre son sauveur prévenant et séducteur simplement en lui parlant et en l'observant. Sous bien des plans, il était comme son père, tranquille et intense, mais parfois, quand l'un comme l'autre s'ouvrait au monde, c'était comme si le soleil ne cesserait de briller sur eux. Elle secoua la tête afin de bannir l'explosion de douleur soudaine que lui causa ce souvenir. Au lieu de cela, elle se concentra sur Lawrence et l'envie de sourire qu'il lui donnait.

— Vous, les Anglais, et vos expressions ridicules !

— Nous avons beaucoup d'expressions ridicules, mais je vous promets de ne pas en utiliser devant vous, sauf si vous le souhaitez.

Il cligna des paupières en lui tendant une assiette de viandes froides et de fruits avant de lui servir un verre de limonade.

Ils dînèrent en silence, mais elle découvrit que cela lui plaisait. Les sons étouffés d'oiseaux lointains murmuraient dans les arbres.

— Quel oiseau est-ce ? demanda-t-elle.

Lawrence tendit une oreille vers les arbres.

— C'est une alouette.

Zehra tendit à nouveau l'oreille.

— C'est différent des alouettes que je connais.

— J'imagine, oui. Votre maison est à deux mille kilomètres.

Elle savait qu'elle avait fait un très long voyage et pourtant, l'entendre faisait paraître ce pays encore plus merveilleux et exotique. Ici, c'était paisible et libérateur. Ils avaient marché jusqu'à ce lieu sans chevaux ou calèche et avaient choisi un endroit sur la colline à l'écart des autres couples qui devaient certainement être en train de pique-niquer eux aussi. C'était comme s'ils étaient seuls tous les deux dans ce monde étrange. Elle le regarda dans les yeux avant de détourner la tête.

Il répondit avec un petit rire.

— Pourquoi êtes-vous si timide, Miss Darzi ?

— Et vous si audacieux, Mr Russell ? répondit-elle du tac au tac.

Elle ne fit que s'attirer un éclat de rire profond.

— Vous imaginez-vous toujours toutes ces choses coquines que j'ai avoué vouloir vous faire ?

Il se rapprocha d'elle d'un centimètre et elle sentit ses jupes frôler ses genoux. Elle se pencha en avant, le cœur battant. Elle avait parfaitement conscience que s'ils s'abandonnaient à la passion ici, il était peu probable qu'on les voie.

— Peut-être, murmura-t-elle, le visage écarlate.

— Bien.

Il fit courir le bout de son doigt sur la soie à motifs de la robe, près de sa cheville, jouant avec l'ourlet et soulevant le tissu de quelques centimètres. Elle respira plus vite et il retira les doigts, laissant le tissu retomber en place, à la grande déception de Zehra. De toute évidence, Lawrence savait comment jouer avec elle tel un chat avec une souris. Elle avait envie de lui et pourtant, il refusait d'aller au-delà de taquineries scandaleuses.

— La Perse vous manque-t-elle ? demanda Lawrence quand ils eurent fini de manger.

— Ce qui me manque...

Elle hésita, essayant d'exprimer exactement les sentiments qu'elle avait dans le cœur. Elle n'avait pas eu le temps de se rendre compte que Shiraz lui manquait, car les dernières semaines avaient été un tourbillon terrifiant. Elle mit un moment avant de reprendre suffisamment ses esprits pour répondre.

— Je regrette la sensation d'avoir un foyer, le sentiment d'appartenance. Je ne suis pas à ma place en Angleterre.

— Avoir un foyer est très important. Lucien, mon frère aîné, est le propriétaire de notre domaine familial dans le Kent et c'est un foyer sur bien des plans. C'est juste que...

Son regard se fit distant.

— Quoi, donc ?

Lawrence cueillit une campanule dans l'herbe toute proche et caressa les pétales avec ses doigts.

— Le souvenir de mon père est omniprésent dans cette demeure.

— Vous n'aimiez pas votre père ?

Il détourna le regard.

— Au contraire. Je l'aimais beaucoup. Il est mort quand j'étais tout petit. Cela a brisé le cœur de ma mère et dévasté notre famille. Il a fait de Rochester Hall notre foyer, et toutes les pièces respirent encore de sa présence. Parfois, c'est trop douloureux d'y retourner.

Zehra tendit le bras et lui toucha la main.

— Les endroits collectionnent les souvenirs un peu comme le font les gens, bons ou méchants. Vous ne devriez jamais craindre une maison imprégnée d'amour. Vous devriez l'accepter.

Elle songea à sa propre maison, à plusieurs océans de distance, et au mal qui s'y accrochait à présent. Quoi qu'il arrive, elle n'y retournerait jamais. Sa mère lui avait appris à placer l'amour dans son cœur au-dessus de tout. C'était difficile, quand elle songeait à ses parents qui avaient été trahis et assassinés. L'espace d'un instant, elle se laissa à nouveau aspirer dans cette obscurité où la fumée et le sang menaçaient de la suffoquer.

Lawrence s'éclaircit la gorge.

— Les pique-niques sont censés être amusants et voilà que je gâche tout, n'est-ce pas ?

Son sourire mélancolique serra le cœur de Zehra quand il lui offrit la fleur qu'il avait cueillie pour elle avec un geste dramatique.

Zehra la prit et fit rouler la tige entre ses doigts pour la faire danser. Elle sourit puis se rallongea sur les couvertures, regardant les nuages qui prenaient forme dans le ciel. Elle entendit le frou-frou du tissu et sentit

Lawrence s'installer à ses côtés. Elle le regarda alors qu'il calait son menton dans sa main et lui rendait son regard. Ses yeux étaient énigmatiques et la courbe sensuelle de ses lèvres lui donnait l'espoir qu'il lui donnerait enfin un aperçu des plaisirs qu'il lui avait fait entrevoir.

Elle en savait très peu sur lui, mais se sentait également très proche de lui, plus que quiconque. Il y avait entre eux une intimité tranquille et intime qui était inébranlable.

— Seriez-vous en colère si je vous dérobais un baiser ? demanda-t-il.

Elle savait pourquoi il avait tourné cette question de la sorte. C'était lui qui l'avait secourue. Elle avait une dette d'honneur envers lui, mais il ne voudrait pas de ses affections si elles découlaient d'un sentiment d'obligation. Pourtant, elle ne trouvait pas que ce qui grandissait entre eux découlait de sa dette. Elle *voulait* qu'il l'embrasse, voulait qu'il en fasse bien davantage.

Zehra se mordit la lèvre avant de répondre.

— Je serais en colère si vous ne le faisiez pas.

Lawrence se pencha, plaça une main sur sa hanche et baissa le visage vers elle. Ils n'étaient qu'à quelques centimètres l'un de l'autre et elle vit l'ombre d'un sourire plisser le coin de ses yeux. Elle ferma les paupières une seconde avant qu'il ne l'embrasse.

La bouche de Lawrence se mouvait langoureusement contre la sienne, comme s'il la goûtait. Les framboises qu'ils avaient mangées avaient laissé une note sucrée sur sa langue. Zehra enroula un bras autour de son cou et joua avec les cheveux sur sa nuque. Lawrence approfondit le baiser, lui donnant le vertige et faisant trembler son corps.

Quand ses lèvres trouvèrent la gorge de la jeune femme, elle fut contente que la modiste lui ait préparé des robes décolletées, car elle voulait que Lawrence l'embrasse *partout*. Elle cessa de respirer quand il retira la main de sa taille pour venir masser un de ses seins par-dessus sa robe. Même si ses vêtements entravaient ses caresses, elle sentit ses seins s'alourdir et ses mamelons se durcirent sous son pouce.

Que cela ferait-il de sentir sa bouche sur sa peau ? Sur ses seins ? Elle gémit quand il mordilla sa clavicule avant de conquérir à nouveau sa bouche. Zehra ne savait pas combien de temps ils avaient passé à s'embrasser, jusqu'à ce qu'un vent froid la taquine et qu'elle se mette soudain à frissonner. Lawrence et elle s'écartèrent et ils se tournèrent tous les deux vers la prairie au sommet de la colline. Le soleil avait disparu derrière de gros nuages sombres et la pluie se profilait à l'horizon. Elle vit un mur de brume qui balayait les collines lointaines et la ville de Richmond en contrebas.

— Bon sang, marmonna Lawrence qui se rassit et attrapa rapidement le panier du pique-nique. Il faut qu'on y aille. Vous attraperez la mort si vous vous mouillez.

Elle se redressa et replia la couverture tandis qu'il replaçait tout dans le panier. Ils descendirent la colline aussi vite qu'ils le purent, mais malgré tous leurs efforts, ils ne parvinrent pas à battre la pluie. Très vite, les gouttes glacées détrempèrent les vêtements de Zehra. Les hautes herbes se collaient à ses jambes et s'accrochaient à sa robe, entravant sa progression. Tenant les poignées de son panier d'une main, Lawrence tendit le bras pour saisir sa main libre. Ils dégringolèrent jusqu'à la base de la colline et sur la petite route boueuse.

— Zehra, je suis désolé. J'aurais dû demander au cocher du carrick de nous attendre au lieu de marcher jusqu'ici, dit Lawrence alors qu'ils slalomaient entre les flaques d'eau qui s'étendaient.

Peu habituée aux bottes noires qu'elle portait, Zehra commençait à avoir mal aux pieds.

— Je vais bien, lui assura-t-elle en riant.

Il y avait quelque chose de délicieusement ridicule dans toute cette situation.

Ils marchaient sur la route depuis dix minutes quand ils entendirent le bruit des roues. Ils se retournèrent et virent un fermier qui conduisait une charrette tirée par deux chevaux.

— Hé là !

Lawrence lâcha la main de Zehra pour faire signe au fermier. L'homme dépenaillé tira sur les rênes et les animaux s'arrêtèrent.

Il les observa depuis son perchoir, de la pluie dégoulinant de son chapeau à larges rebords.

— Vous êtes perdus ?

— Perdus ? Non, mais nous avons désespérément besoin qu'on nous ramène au village.

Lawrence désigna des bâtiments dans le lointain, où une petite auberge se dressait aux abords de Richmond.

— Je crois que je peux vous aider. Grimpez à l'arrière.

D'un geste du menton, le fermier désigna la charrette derrière lui.

Lawrence y guida Zehra et elle l'aida à caler le sac et la couverture dans la carriole avant qu'il ne la saisisse par la taille pour la soulever. Quand Lawrence grimpa à côté d'elle, elle enroula le bras autour de lui. Quand la carriole se mit en route, elle se colla à lui et posa la tête sur son épaule.

— On va vous faire rentrer au chaud, je vous le promets.

— Je vous crois.

Elle inclina la tête afin qu'il puisse déposer un léger baiser sur sa gorge. À cet instant, peu lui importait la pluie, peu lui importait si elle prenait froid.

Je pourrais rester ici avec lui pour toujours.

Le temps qu'ils atteignent le petit village, elle était à moitié gelée. Lawrence cria un remerciement au fermier et lui jeta quelques shillings. Zehra et lui se dirigèrent alors vers l'auberge du Cerf Blanc. Tremblante, Zehra suivit Lawrence et ils abordèrent l'aubergiste.

— Auriez-vous une chambre de disponible pour mon épouse et moi ? demanda Lawrence.

Zehra cligna des paupières, choquée de s'entendre décrire comme l'épouse de Lawrence. Elle savait pourtant qu'il y était tenu pour éviter le scandale et elle lui en était reconnaissante.

L'aubergiste ventripotent poussa un petit rire.

— Un pique-nique gâché ? Vous n'êtes pas les premiers. Toutes sortes de garçons et de filles sont venus ici, trempés jusqu'aux os. Heureusement pour vous, j'ai une chambre de libre.

L'homme – clairement Irlandais à en juger par son accent – retira une clé en laiton du dernier crochet sur le mur et la leur tendit.

— Merci, dit Lawrence. Pourriez-vous nous préparer deux repas chauds et un bain ?

— Bien entendu.

L'aubergiste siffla un duo de jeunes garçons qui se tenaient derrière le bar.

— Accompagnez ce gentleman et cette dame à la chambre 4 et faites-leur chauffer de l'eau.

Les garçons filèrent comme des chiots pour précéder Zehra et Lawrence à l'étage. Quand ce dernier ouvrit la porte, les garçons se précipitèrent à l'intérieur, sortirent de grands seaux d'un cabinet du vestiaire puis redescendirent rapidement. Zehra s'installa dans le fauteuil en face de l'âtre vide, regrettant l'absence de la chaleur des flammes. Lawrence avait l'air peiné.

— Je vous recouvrirais bien de quelques couvertures, mais cela ne ferait que les tremper et nous avons besoin que notre lit reste chaud... C'est-à-dire, si vous voulez qu'on passe la nuit ici...

Il la regarda comme s'il s'attendait à ce qu'elle refuse sa proposition.

Elle hocha la tête, essayant d'ignorer les papillons dans son ventre quand il avait dit « notre lit ». Ils allaient partager un lit et passer la nuit ici, c'était évident. La journée touchait à sa fin et la pluie rendrait le trajet moins attrayant. Lawrence s'approcha de son fauteuil et tendit les mains. Elle les accepta et il la fit se redresser. Puis il s'assit dans son fauteuil et l'installa sur ses genoux, la prenant dans ses bras pour la serrer contre lui. Il était tout aussi trempé qu'elle, mais elle se colla à lui, lui dérobant autant de chaleur qu'elle le pouvait.

Du bout des doigts, Zehra joua avec les cheveux de Lawrence tout en enfonçant le visage contre son cou.

— J'aimerais rester ici.

Elle voulait Lawrence tout à elle et ne désirait pas le partager avec ce qui l'attendait à Londres : la peur d'être renvoyée chez elle, la peur qu'Al-Zahrani soit toujours en liberté, la peur de rester seule pour toujours. Lawrence lui saisit le visage et s'approcha d'elle pour que leurs nez se frôlent. Envoûtée par ses yeux noisette, elle regarda les petites notes vertes se mêler au brun clair.

— Les ombres sont revenues dans votre regard. J'aimerais savoir comment les faire disparaître.

Elle sentit son souffle chaud pendant qu'il parlait et

elle avait terriblement envie qu'il l'embrasse. Leurs lèvres n'étaient éloignées que de quelques centimètres.

Embrassez-moi, je vous en prie. Chassez l'obscurité.

Zehra s'humecta les lèvres et Lawrence se rapprocha, mais la porte se rouvrit et les jeunes garçons revinrent avec de l'eau chaude. Lawrence et elle les regardèrent avec amusement tandis qu'ils faisaient plusieurs rapides allées et retours afin de remplir la grande baignoire. Une fois qu'ils eurent fini, Lawrence leur glissa à tous les deux quelques pièces, ce qui leur fit ouvrir des yeux grands comme des soucoupes.

Zehra sourit et Lawrence se rendit compte qu'elle l'observait.

— Quoi ? demanda-t-il.

— Vous êtes généreux, dit-elle.

Lawrence haussa les épaules.

— Mon père m'a appris que quand on a la chance d'être riche, c'est à la fois un devoir et un privilège de donner à ceux qui n'ont rien. Quand un fermier nous transporte à travers la tempête ou que des garçons s'échinent pour porter des seaux pesants, je me sens tenu par l'honneur de leur rendre plus que de la simple gratitude.

— J'aurais aimé rencontrer votre père, dit-elle.

Son cœur s'attendrit quand elle s'imagina Lawrence, enfant, qui apprenait la tendresse de son géniteur.

Le sourire triste qu'il lui adressa lui déchira le cœur.

— J'aurais aimé, moi aussi. Vous lui auriez plu.

Il lui pressa légèrement la taille puis la souleva pour qu'elle se redresse. Sans rien demander, il se mit à déboutonner sa robe à l'arrière.

— Comment était votre père ? demanda-t-il.

— Il était gentil et amusant. Il faisait tout le temps rire ma mère.

Elle ferma les yeux, se souvenant du son du rire de ses parents. Toutefois, ces sons étaient ténus, pas aussi distincts qu'ils l'avaient été autrefois. Les souvenirs qu'elle avait d'eux – leurs sourires, leurs voix, *tout* ce qui les concernait – avaient commencé à s'estomper. Pourtant, le souvenir qui flamboyait clairement dans le silence hantant de son esprit était celui des corps sans vie et des cris lointains à travers la fumée.

Zehra se força à se concentrer sur la vie de son père, pas sa mort, alors qu'elle essayait de reprendre le fil de son discours.

— Il était très intelligent... et très ouvert aux coutumes de l'Occident. C'est la raison pour laquelle ma mère s'est trouvée si bien avec lui.

— Votre mère n'était pas Persane ?

Zehra poussa un juron intérieur. Elle n'avait pas eu l'intention de révéler son héritage, pas encore.

— Non, elle était anglaise.

Les mains de Lawrence s'arrêtèrent sur le dernier bouton de sa robe, ses doigts s'attardant sur ses reins.

— Vous êtes à moitié anglaise ?

La surprise colorait sa voix.

Elle se retourna et se trémoussa pour laisser sa robe tomber à ses pieds.

— Effectivement.

Elle se retrouva devant lui seulement vêtue de sa camisole et de son corsage.

— Cela... change-t-il ce que vous ressentez ?

— À votre sujet ? demanda Lawrence en haussant les sourcils, laissant ses mains en suspens à un centimètre au-dessus de ses épaules nues. Pas du tout. Je suis simplement content d'avoir résolu un mystère. Maintenant, je sais pourquoi vous parlez si bien anglais.

— Eh bien, j'ai eu un bon professeur, dit-elle en se demandant si cela en suggérait trop.

Il sourit.

— Apparemment, vous possédez beaucoup d'autres mystères sur lesquels j'ai besoin de me pencher.

Les yeux de Lawrence descendirent le long du corps de Zehra avant de revenir vers son visage. La sincérité absolue de son désir la remplit d'une envie similaire. Il écarta une mèche de cheveux mouillée qui s'accrochait à sa joue.

— Sautez dans le bain et réchauffez-vous. Je vais faire allumer un feu et prendre des nouvelles de notre dîner.

Lawrence se tourna et s'éloigna, la laissant glacée et solitaire.

Zehra renifla et ses yeux se remplirent de larmes. Cet homme était trop bon, trop gentil. *J'ai envie de lui montrer tout ce qu'il signifie pour moi. Tout ce qu'il signifie pour moi.* Derrière le paravent, Zehra défit son corsage tout en écoutant Lawrence appeler un garçon pour allumer un feu. Ce serait trop facile de tomber amoureuse de cet homme. Elle ne semblait pourtant pas capable de s'arrêter et cela ne faisait que lui briser le cœur.

10

Lawrence leva des yeux surpris quand il entendit Zehra sortir du bain derrière l'écran. Elle n'y était pas restée très longtemps et il eut peur que l'eau se soit refroidie trop vite.

— Était-ce suffisamment chaud ? demanda-t-il.

— Oh, absolument. Je n'ai pas eu besoin de rester très longtemps.

Zehra fit le tour du paravent et se fit voir, une couverture enroulée autour de son corps. Pieds nus, elle s'avança vers lui d'un pas prudent, serrant les extrémités de la couverture autour de ses épaules. Dans le mouvement, il perçut sa peau dénudée et son corps se raidit d'excitation.

Elle mérite un gentleman, pas un rebelle. Il se força à rester où il était. L'ancien Lawrence se serait immédiatement redressé et lui aurait retiré cette couverture, déterminé à la faire s'allonger sur la surface confortable la plus proche. Il voulait pourtant être un homme meilleur pour cette femme. S'il couchait avec Zehra, il souhaitait que cela signifie quelque chose pour tous les deux. Il voulait que cela ne soit pas simplement une question de plaisir, même si c'était destiné à ne pas durer. Il déglutit fort, son corps luttant contre son esprit pendant plusieurs secondes alors qu'il s'approchait.

— Je... faisais sécher vos vêtements.

Il désigna l'endroit où sa camisole, sa robe et ses bas étaient suspendus à une grille en laiton près du feu. Dans peu de temps, elles pourraient les renfiler.

Elle jeta un œil à l'endroit puis continua d'avancer vers lui, inclinant juste assez la tête pour lui montrer la courbe gracieuse de sa nuque. La distance entre eux se referma et le temps parut s'étirer comme un fil de soie diaphane. Il s'abreuva du spectacle qu'elle offrait et de son immense beauté. Depuis ses cheveux noir de jais jusqu'à son nez légèrement retroussé – et même l'ombre d'une cicatrice au-dessus de sa clavicule –, elle était parfaite. Trop parfaite. Il aurait dû battre en retraite, aurait dû placer la chaise entre eux, mais il était incapable de bouger. Ses yeux fascinants de Zehra le clouaient sur place.

Zehra alla jusqu'à lui et plaça une main sur sa poitrine. Il leva le bras pour refermer les doigts autour de son poignet, puis il inspira profondément et elle le repoussa. Il se cala à nouveau dans le fauteuil et leva les yeux vers elle.

Elle s'installa sur ses genoux avant qu'il ne puisse

dire quelque chose pour l'en empêcher. Le poids de son corps était le bienvenu, une sensation excitante au-delà de tout discours. La couverture lui couvrait les genoux et il résista à la tentation de l'écarter de son corps. La tension crispait tous ses muscles.

— Zehra, vous n'avez pas à...

Elle posa un doigt sur ses lèvres.

— Chut.

La courbe de ses lèvres l'aurait fait tomber à la renverse s'il n'avait pas déjà été assis.

— Me désirez-vous, Lawrence ? demanda-t-elle en gardant les yeux braqués sur sa bouche d'une façon qui attisait son désir au-delà de toute mesure.

Son envie de sentir sa bouche sur lui était écrasante.

Il hocha la tête. Il ne s'était jamais retrouvé dans une telle situation : c'était lui qui était séduit !

— Je vous désire tant ! murmura-t-il en respirant plus rapidement.

— Alors vous allez m'embrasser.

Elle fit courir le bout d'un doigt le long de sa joue et jusqu'à sa bouche. Sa caresse était légère et douce, mais là où elle passait le doigt, il sentait sa peau brûler délicieusement.

— Mais je ne peux pas profiter de vous. Pas ainsi. Je...

— *Chut*, dit Zehra d'une voix encore plus autoritaire. Je ne dis pas ceci par obligation, mais par désir. Je connais mon destin et je dois accepter ce qui doit être. Mais je souhaite connaître un certain plaisir avant que tout ceci ne se termine. J'ai envie d'être heureuse avec *vous*.

Elle se pencha en arrière et laissa tomber la couverture jusqu'à sa taille, révélant qu'elle était complètement nue. Le renflement de ses seins parfaits aux mamelons sombres était parfaitement exposé à sa vue.

Seigneur, qu'elle était belle ! Sa beauté n'était pourtant pas la raison pour laquelle il voulait l'embrasser, lui faire l'amour. C'était parce qu'elle ne ressemblait à aucune des femmes qu'il avait rencontrées jusqu'ici. Elle était courageuse, intelligente, chaleureuse, passionnée. Malgré la timidité dont elle avait fait preuve au départ, elle possédait une force de volonté qu'il n'avait jamais vue. Pour la première fois de sa vie, il désirait une femme non pas pour son apparence, mais à cause de qui elle était.

— Lawrence ?

Elle ronronna son nom, le défiant tendrement et irrésistiblement de lui dire non.

Comme si je pouvais résister ! Elle est trop parfaite, bien trop magnifique.

Elle enroula un bras autour de ses épaules et se colla à lui, ses seins nus frottant contre sa chemise.

Bon sang !

Il lui prit le menton, franchit le dernier centimètre entre eux et couvrit sa bouche de la sienne. Elle accepta avidement son baiser et il savoura son goût sucré. Pour une vierge, elle avait une facilité naturelle pour apprendre comment réagir à ses avances sensuelles.

— Vous semblez pourtant très à l'aise, dit-il.

Elle poussa un petit rire contre ses lèvres.

— J'ai lu des livres sur le plaisir.

— Combien de ces livres avez-vous lu ?

Il se l'imagina étudiant des textes comme le *Kama Sutra* à la lumière de la bougie et se tendit de désir en avisant le sourire dévoyé de la jeune femme.

— Beaucoup...

Il lui caressa la gorge avec le nez.

— Alors vous serez peut-être capable de m'enseigner une chose ou deux.

— Peut-être, oui.

Il serra les bras autour d'elle et la pressa contre lui. Ce désir soudain et inattendu le choquait, mais il ne s'arrêta pas de l'embrasser, car il ne *pouvait* pas s'arrêter. Elle tremblait contre lui, son corps tout entier parcouru de frémissements.

— Avez-vous froid ? demanda-t-il.

Ses cheveux toujours mouillés après la pluie s'échappaient de sa coiffure lâche. Lawrence avait envie de lécher les gouttes qui tombaient sur ses épaules.

— Un tout petit peu.

Lawrence l'embrassa pendant un autre long moment supplémentaire avant de la soulever dans ses bras et de la porter jusqu'au lit. Elle se cala en arrière, s'appuya sur les coudes et leva les yeux vers lui à travers ses cils sombres. Il dut invoquer toute sa volonté pour ne pas se jeter sur elle comme un jeune homme sans expérience et maladroit en présence de sa première conquête.

— Je n'ai encore jamais couché avec un homme, mais je crois qu'il faut retirer ses vêtements. Elle rit quand il s'arracha pratiquement sa cravate et sa chemise, puis retira ses bottes.

— Pas nécessairement, dit-il avec un ricanement. Mais pour que ce soit le plus agréable possible, absolument. Puis il défit son pantalon. Zehra le regardait avec des yeux pleins de désirs qui lui donnait l'impression d'être un dieu.

Je vais donner à cette femme tout le plaisir que je connais. Je ne vais pas songer à la laisser filer.

Il enfouit profondément la douleur, essayant de ne pas songer au fait qu'aucune femme ne lui avait jamais fait ressentir cela. Et il ne le ferait peut-être plus jamais.

LE CŒUR DE ZEHRA MARTELAIT ALORS QUE LAWRENCE retirait son pantalon. Cet homme était beau. Chaque muscle était plus défini qu'elle l'avait cru. Chaque partie de lui était fuselée. Sa peau était plus pâle que la sienne et elle ne put s'empêcher de s'imaginer l'effet que cela ferait de les voir plaqués ensemble tous les deux, peau à peau.

Elle avait décidé de le séduire, craignant qu'il ne fasse jamais le premier pas si elle-même ne le faisait pas. Elle n'avait pourtant pas réalisé qu'elle serait aussi excitée et craintive. La peur s'attardait à présent aux confins de sa conscience, mais elle n'était pas de taille contre l'intense excitation qui la balayait alors que son désir ne cessait de s'accroître.

Il grimpa sur le lit, à présent entièrement exposé, et elle ne put s'empêcher de se braquer sur son érection. Aucune de ses lectures ne l'avait préparé à ceci. Sa vague de panique diminua quand il s'étendit à ses côtés et non sur elle. Il lui prit le visage dans la main et l'embrassa, estompant toutes ses inquiétudes. Il maîtrisait les baisers à la perfection. Ils étaient tous différents. Ils faisaient tous battre son cœur follement et tourbillonner son esprit en cercles délicieux.

— Vous vous sentez mieux ? demanda-t-il.

— Oui... Comment le saviez-vous ?

Lawrence ricana.

— Vous aviez l'air d'un poulain nerveux. Nous pouvons aller aussi lentement que vous le voulez. Je vous le promets.

Les yeux noisette de Lawrence pétillèrent quand il lui caressa la joue du revers de la main avant de lui embrasser la gorge.

— Vous savez quoi dire pour réconforter une femme, confessa-t-elle avec un sourire timide. J'ai envie d'être audacieuse pour vous. Mais, ne l'ayant jamais fait, j'ai également peur de commettre une erreur.

Il répondit avec un petit rire.

— Une femme ne commet jamais d'erreurs au lit. Seuls les hommes peuvent le faire. Je veux simplement que vous soyez vous-même. Ce soir, dans ce lit, il n'y a que vous et moi.

Zehra hocha la tête, son cœur se remplissant de chaleur.

— Seulement nous, répondit-elle.

Cet homme était parfait. Un gentleman parfait, un rebelle parfait, un amant parfait.

Il lui caressa la joue avec le nez et déposa sur ses lèvres un autre baiser insistant qui fit chanter son corps et son cœur.

— Oui, seulement *nous*.

Elle prit une inspiration sifflante quand il atteignit ses seins, en prenant un qu'il suça jusqu'à ce qu'il durcisse. Zehra se cambra et gémit quand il s'empara de son autre sein, frottant son pouce contre son mamelon avant de le pincer délicatement entre ses doigts.

— Lawrence ! hoqueta-t-elle.

Zehra lui saisit les cheveux et tira dessus. Le sourire chaleureux qu'il lui adressa fit croître en elle une chaleur sombre et merveilleuse, et ses cuisses frémirent.

— Fermez les yeux et contentez-vous de *ressentir*, murmura-t-il en commençant à faire descendre des baisers le long de son corps.

Il lui écarta les cuisses avec ses mains puissantes qui se firent étonnamment tendres. Elle se tendit, mais il ne la prit pas encore. Elle se détendit et ferma les yeux. Une seconde plus tard, il avait posé la bouche sur elle et sa langue léchait sa vulve. Zehra eut un sursaut et poussa un cri alors qu'un plaisir exquis rugit soudain en elle. Tout parut exploser en vagues de feu avant qu'elle ne redescende de son pic d'extase.

— C'est tout ? demanda-t-elle.

Il répondit avec un petit rire.

— Ce n'est que le début.

Zehra ouvrit les yeux et l'aperçut entre ses cuisses, un grand sourire aux lèvres. Lawrence enfonça un doigt en elle et elle le regarda avec émerveillement alors qu'il jouait avec elle, la caressant, s'enfonçant et tournant. Elle n'avait aucun mot pour les sensations que ses caresses évoquaient. L'intensité, les frissons qui couraient sous sa peau, comme un millier de petits éclairs, la laissèrent sans force et tremblante. Il lui adressa un regard enflammé alors qu'il cherchait apparemment tous les petits endroits qui la faisaient trembler et brûler encore plus fort.

— Seigneur, vous êtes belle, murmura-t-il d'un ton adorateur.

Il la rendait folle avec ses caresses. Le plaisir qui avait gagné en intensité si vite la première fois s'infiltrait lentement en elle, mais il était insupportable. Elle avait besoin d'une sorte de délivrance.

— Je vous en prie, Lawrence. Vous m'avez suffisamment taquinée.

Elle se trémoussa sur le lit, essayant de se rasseoir, mais c'est alors qu'il se déplaça, se glissant entre ses cuisses et lui enserrant les épaules entre les bras. Il baissa les yeux vers elle.

— Êtes-vous prête pour moi ?

Elle pointa le menton et lui sourit.

— Pour vous, je suis prête.

Lawrence colla sa joue contre la sienne avant de déposer de légers baisers sur ses lèvres. Il approfondit leur baiser quand il la pénétra et commença à donner des coups de reins.

Le sentir s'enfoncer en elle, fusionner avec elle, ne ressemblait à rien que Zehra aurait pu imaginer. Il y eut un léger moment de douleur qui s'estompa quand Lawrence s'enfonça davantage. Quelques secondes plus tard, son baiser se fit plus rude, mais Zehra appréciait toujours. Elle enfonça ses ongles dans son dos et le griffa alors qu'il ondulait des hanches. Elle n'avait jamais rien connu d'aussi extraordinaire : la joie de leurs corps, la chaleur de leur peau et le battement de son cœur qui palpitait alors que le plaisir traversait son corps tout entier.

Des étoiles éclatèrent devant ses yeux et elle poussa un gémissement alors que son corps s'alanguit de bonheur. Au-dessus d'elle, Lawrence souffla son nom, l'embrassa puis s'immobilisa sur un dernier coup de reins. Il continua de faire pleuvoir de légers baisers sur ses lèvres alors qu'elle fermait les yeux.

En cet instant, Zehra aurait pu mourir de contentement. Elle ressentit une béatitude extraordinaire des suites de leur union. Toutes ses peurs, toutes ses inquiétudes... Rien n'aurait pu détruire le sentiment de passion et de sécurité qu'elle ressentait en cet instant.

— Comment vous sentez-vous ? demanda-t-il.

Son souffle dérangea une mèche de cheveux près de l'oreille de Zehra. Elle la chatouilla et la jeune femme ne put s'empêcher de rire.

— Fantastique, tout bonnement fantastique. Et vous ?

Elle retint sa respiration, craignant d'espérer qu'il puisse ressentir la même chose.

— Tout bonnement fantastique.

Il leva la tête pour lui sourire.

Ils étaient lovés l'un contre l'autre, leurs corps se mélangeant. Lawrence fit danser un doigt le long de la fine cicatrice qui courrait juste au-dessus de sa clavicule... celle que lui avait laissée Al-Zahrani afin qu'elle se rappelle à qui elle appartenait. Elle frissonna.

Je ne suis pas à lui. Je mourrais plutôt que devoir se frotter de nouveau à lui.

— Comment vous l'êtes-vous faite ? demanda-t-il.

Elle baissa les cils.

— Quand mes parents ont été tués, je me suis enfuie, comme vous le savez, mais...

Elle s'interrompit et inspira profondément.

— L'homme qui a trahi mon père, qui l'a tué, était un Arabe nommé Samir Al-Zahrani. Il m'a capturée alors que je m'enfuyais. J'ai pensé qu'il m'aidait, mais j'ai rapidement su la vérité. Un autre shah souhaitait conquérir nos terres et j'étais la récompense d'Al-

Zahrani pour avoir trahi mon père. Je devais faire partie de son harem.

— Il vous a fait du mal ?

Basse, la voix de Lawrence contenait pourtant un tranchant qui lui aurait fait peur s'il lui avait été adressé.

— Oui, plus d'une fois, mais il ne m'a jamais prise. Il pensait qu'il avait le reste de ma vie pour me torturer par la promesse de partager sa couche. Au lieu de cela, il a passé une semaine à me punir pour ce qu'il appelait mon « insolence ». D'abord, il m'a frappé avec sa main, plus tard avec un fouet et enfin, il m'a coupée avec une petite lame. Je n'avais fait que plaider pour ma liberté.

Les bras de Lawrence se resserrèrent autour d'elle et il ferma les yeux. Il pinçait les lèvres.

— Si jamais j'ai le malheur de croiser cet homme, je le tuerai.

Elle poussa un petit cri, lui prit le menton et le força à la regarder.

— Non ! Vous ne devez jamais dire une chose pareille. C'est un homme brutal dénué d'honneur. Il vous tuerait simplement parce que vous vous trouvez dans la même pièce que moi.

Elle aurait voulu le prévenir qu'Al-Zahrani était toujours à sa recherche, mais si elle en parlait à Lawrence, elle craignait qu'il ne remue ciel et terre pour trouver cet homme et essayer de le tuer. Elle refusait qu'il mette sa vie en danger.

— Je ne veux plus jamais que vous ayez à craindre

cet homme. Cela dit, il n'est pas là. Vous êtes loin de lui. Vous êtes en sécurité, promit Lawrence.

Si seulement c'était vrai... Elle craignait pourtant que cet homme diabolique ne soit actuellement en train de parcourir les rues de Londres, et Lawrence ne le savait pas, ne *pouvait* pas le savoir. Elle cala sa main contre sa poitrine et ferma les yeux, se concentrant sur les battements de son cœur.

— Ma mère m'avait dit que quand on couche avec un homme, on se rapproche de corps et d'esprit, suffisamment pour partager nos rêves.

Elle fit courir son doigt entre les pectoraux de Lawrence, imaginant son esprit et son cœur connectés à ceux du jeune homme.

— Pensez-vous que ce soit possible ?

Il passa une main tendre sur ses reins, un geste qui l'aurait plongée dans un profond sommeil si elle s'y était abandonnée.

— Possible ? Oui, je suppose. Je n'ai jamais vraiment passé beaucoup de temps à dormir avec d'autres femmes. Je suppose que je ne devrais pas mentionner d'autres femmes...

Il n'acheva pas sa phrase et elle ricana.

— Vous avez le droit d'avoir un passé, Lawrence, tout comme moi. Je ne vous juge pas pour les femmes que vous avez aimées avant moi.

— Je ne peux pas dire que je les ai aimées, dit-il d'une voix distante. C'était toujours pour m'amuser, vous savez, pour combler mes envies, comme on dit.

Elle pouffa.

— D'autres expressions ridicules !

Elle leva la tête afin de poser le menton sur sa poitrine et le regarda, amusée par la gêne évidente que lui provoquait leur discussion.

Elle plissa les yeux comme s'il ne la croyait pas.

— Ça ne vous fait vraiment rien, pour les autres femmes ?

— Non. Ces autres femmes ont fait de vous l'amant merveilleux que vous êtes aujourd'hui. Je tire parti de leurs enseignements.

Avec un petit rire, il lui tapota légèrement les fesses.

— En effet. Elles m'ont appris beaucoup de choses...

Puis il glissa les doigts dans la raie de ses fesses jusqu'à sa vulve, y enfonçant légèrement les doigts. Ses caresses la firent gémir et elle sentit les nerfs sensibles se raviver. Il joua avec elle pendant un long moment, s'assurant qu'elle soit moite et débordante de désir, puis il souleva une de ses jambes par-dessus sa hanche et la rapprocha de lui. Cette fois, il la pénétra plus doucement et leurs corps ondulèrent alors qu'ils étaient allongés sur les côtés, se faisant face. Quelque part, c'était plus intime qu'avant, plus tendre et doux, même s'il la possédait de toutes les façons possibles.

Je lui appartiens. J'appartiendrai toujours à cet homme doux et séduisant...

Cette pensée lui noua la gorge et elle se pencha contre lui, l'embrassant désespérément alors qu'ils jouissaient ensemble.

Lawrence la serrait fort. Il respirait de façon saccadée contre son oreille alors qu'il essayait de se reprendre. Ils ne dirent plus rien pendant de très longues minutes. Ils se contentaient d'exister ensemble dans le même espace, leurs corps, leurs cœurs et leurs esprits connectés d'une façon que Zehra ne comprenait pas entièrement, mais qu'elle avait désiré connaître depuis qu'elle en avait appris l'existence.

Au bout de plusieurs longues minutes, Lawrence poussa un soupir.

— Je déteste l'idée de quitter ce lit, mais je suis affamé. Vous devez l'être aussi. Je vais nous chercher notre repas. Les garçons doivent avoir fini de le préparer.

Zehra n'aimait pas l'idée qu'il la quitte ou la pensée qu'ils se séparent, mais elle le laissa partir à contrecœur et il quitta le lit. Quand il se redressa, ses cheveux roux foncé étaient ébouriffés là où elle y avait passé la main. C'était une marque simple, mais une marque quand même. Elle ravala un sourire fier.

— On dirait une chatte avec son bol de lait, dit-il en ricanant.

— Une autre expression ridicule, mais je pense que je la comprends. C'est censé être négatif ? ajouta-t-elle en fronçant les narines.

Il la tapota sous le menton, sans cesser de sourire.

— Pas du tout. J'aime vous voir sourire. Cela fait briller vos yeux comme des saphirs.

Son compliment n'aurait pas dû l'affecter autant. Pourtant, rien n'aurait pu l'empêcher de sourire.

— Votre camisole devrait être sèche à présent.

Il se dirigea vers le feu, complètement nu. Elle eut l'occasion d'admirer son postérieur ferme et les lignes élancées de ses jambes musclées. Elle était épuisée, mais son corps brûlait toujours d'excitation. Il retira la camisole délicate de la grille de la cheminée et revint vers elle.

Lawrence la lui tendit et elle l'accepta, aimant la chaleur qui s'accrochait au vêtement. Elle la pressa contre sa poitrine nue pendant un moment, poussant un soupir de plaisir avant de la glisser sur sa tête. Elle s'assit sur le lit pendant qu'il s'habillait.

— Restez où vous êtes, lui ordonna-t-il avec un clin d'œil avant de sortir.

Zehra poussa un petit rire et se rallongea. Elle ressentait une légère douleur, mais c'était étrangement bon. Elle avait accédé à un nouvel état de féminité. Les mystères dont elle n'avait entendu que des murmures avaient à présent des réponses et aucun des textes qu'elle avait lus ne pouvait se comparer à la réalité d'être avec un homme.

Zehra se lova plus profondément dans le lit et ferma les paupières. Elle vit le visage de Lawrence, sentit son baiser, ses mains sur son corps, son poids sur elle. Elle avait beau se trouver à plus de deux mille cinq cents kilomètres du palais de ses parents, elle se sentait comme chez elle... et c'était parce qu'elle tombait amoureuse de l'homme qui serait bientôt forcé de la renvoyer chez elle. Des larmes remplirent ses yeux fermés.

Ne songe pas à ton départ. Il reste encore quelques jours avant les adieux.

Lawrence s'adossa contre la porte fermée pour prendre le temps de réfléchir à ce qui venait de se passer. Il avait fait l'amour à Zehra et cela avait été... Seigneur, cela n'avait ressemblé à rien de ce qu'il avait pu ressentir avec une femme ! Il s'était entièrement concentré sur son plaisir, lui montrant comment devrait être l'intimité entre un homme et une femme.

Et pourtant, c'était elle qui lui avait enseigné des choses. Par exemple, la regarder dans les yeux alors qu'elle jouissait était comme de voir le soleil se coucher sur un lac : de l'eau d'un bleu éclatant baigné de lumière dorée. Cela le consumait, l'avait noyé dans l'extase.

Elle s'était offerte si généreusement qu'il n'avait pas été capable de maintenir la même distance émotionnelle qu'avec ses anciennes maîtresses. Être avec elle, ne serait-ce que la prendre dans ses bras, lui donnait envie de lui dire un millier de choses et de lui poser tout autant de questions. Pour la première fois de sa vie, il était fasciné par quelqu'un d'une façon qui ne lui aurait jamais suffi. C'était la raison pour laquelle il s'était traîné hors du lit : pas pour le repas, mais pour s'éclaircir la tête.

Je ne peux pas me permettre de m'attacher. Elle me quittera dans moins d'une semaine, et je ne la reverrai plus jamais.

Un soupir las lui échappa. Il s'écarta de la porte et retourna au bar où il trouva une serveuse à qui il demanda les plateaux de nourriture qu'il avait commandés plus tôt. Pendant qu'elle allait chercher son dîner, il patienta dans un coin près des escaliers. Soudain, il ressentit à nouveau l'impression étrange d'être observé. Les poils de sa nuque se hérissèrent et il regarda autour de lui. Des hommes et des femmes occupaient la pièce commune et beaucoup étaient rassemblés autour du feu dans l'âtre. Quelques hommes regardèrent dans sa direction, mais ils riaient et ne se préoccupaient pas de lui.

Me comporté-je comme un imbécile ? Est-ce simplement l'ombre de la menace qu'a faite mon frère d'emporter Zehra qui me fait sentir des yeux partout ? C'était possible, mais il n'avait jamais été l'objet de telles inquiétudes qui le laissaient dans un tel état.

La servante revint enfin et lui tendit un plateau de nourriture. L'arôme qui s'élevait des assiettes était alléchant et il regagna leur chambre à la hâte. Il osa un regard par-dessus son épaule vers le bas des marches. L'ombre d'un mouvement le fit hésiter. Quelqu'un l'avait-il suivi au pied des escaliers ? Il continua de regarder, mais ne vit personne. Ce n'est qu'alors que

Lawrence se sentit suffisamment en sécurité pour retourner dans leur chambre. Il reposa le plateau puis referma la porte derrière lui, juste au cas où.

— Vous allez bien ?

La voix de Zehra le fit jeter un regard vers le lit.

— Hmm... Oui. Désolé, venez manger un morceau.

Il découvrit les assiettes. On leur avait préparé de la soupe chaude, du mouton, du pain chaud et du fromage. Après l'amour, ce simple repas serait un festin de roi.

Zehra se glissa hors du lit et lui offrit le spectacle tentant de ses jambes fuselées quand elle vint le rejoindre sur le fauteuil près de la petite table. La couverture lui tenait lieu de châle.

— J'ai très faim, admit-elle timidement.

Lawrence lui tendit une assiette. Alors qu'ils se mirent à manger, il céda à sa curiosité.

— Dites-moi, à quoi ressemblait votre maison ? Je dois admettre que je n'ai jamais mis les pieds hors de l'Angleterre.

— Nous vivions dans un village à l'extérieur de Shiraz. Ma mère visitait le pays avec ses parents quand elle a rencontré mon père. C'était un prince, un shah de la province de Fars. Ils négociaient des traités commerciaux avec un certain nombre de pays, y compris l'Angleterre. Ma mère est tombée amoureuse de la beauté du pays et de ses habitants.

Zehra soutint son regard alors qu'elle poursuivit.

— Il y a un mystère qui brille dans les yeux des

Perses, une injonction immémoriale de se rapprocher, d'apprendre du passé. Ma mère dit qu'elle s'était sentie appelée. Elle a fini par aimer la Perse presque autant qu'elle aimait mon père.

— C'est vraiment un désert, l'endroit d'où vous venez ?

Lawrence ne parvenait pas à s'imaginer cette femme ravissante vivre dans un pays torride couvert de sable.

— Parfois, mais pas chez moi. Shiraz est une contrée verte au pied des monts Zagros, une oasis dans un désert rude, mais beau.

Lawrence se pencha vers elle, ensorcelé par elle. Il se sentait bien en sa compagnie.

— Verte ? Vous aviez des jardins ?

Zehra acquiesça.

— Nous avons certains des plus beaux jardins du monde. Et les roses... les roses me manquent.

— Des roses ? L'Angleterre est connue pour ses roses. Saviez-vous qu'il existe une variété appelée *rosiers thé*, parce qu'ils en ont l'odeur ? fit-il remarquer avec un grand sourire.

Elle émit un léger rire.

— Oui, mais vous n'avez jamais vu des roses *perses*. Nous avons des roses roses aux contours pourpres, une variété aussi jaune que le soleil de midi et même des roses orange dont le bout des pétales est couleur corail.

Alors qu'elle parlait, son regard se fit distant et elle afficha un sourire mélancolique.

— Ma mère en cueillait dans les jardins et en

mettait des centaines dans des vases. Pendant deux semaines, elles déployaient alors lentement leurs pétales. Leurs couleurs s'approfondissaient puis finissaient par passer. Les pétales tombaient sur les tables et je les ramassais pour que ma mère prépare de l'eau de rose. Mon peuple pense que l'eau de rose est capable de guérir n'importe quoi.

— Ah, l'eau de rose, oui. Nous aimons ce parfum ici. Certaines femmes en prennent même des bains.

Nombreuses de ses maîtresses avaient insisté pour verser de l'eau de rose dans leurs bains.

Zehra avala une gorgée de vin et le regarda avec des yeux pétillants.

— Vous auriez dû voir les festivals que nous avions pour l'eau de rose.

— Des festivals ?

Elle hocha la tête.

— Les femmes revêtaient leurs vêtements les plus colorés et descendaient dans les jardins avant l'aube pour cueillir les pétales de rose. Les hommes avaient des baignoires en cuivre remplies d'eau chaude. Ma mère m'amenait y assister tous les ans. Je me souviens encore d'avoir vu les pétales tomber comme des gouttes colorées dans de vastes bassins, ainsi que le chant des femmes qui accueillaient l'aube.

Lawrence se délecta de l'image que créaient ses mots. Il se représentait Zehra en tant que magnifique enfant brune, vêtue d'une robe colorée, tenant la main de sa mère en regardant les pétales tomber autour d’elle. La lumière du matin serait remontée au-dessus de l’horizon, illuminant ses yeux bleu clair. Oui, elle aurait donné n’importe quoi pour le voir. *N’importe quoi.*

— C’est une longue histoire, entre les Perses et les roses. Nous en sommes amoureux.

Elle sourit d’un air espiègle.

— Ma mère disait que mon père l’avait séduite avec des roses.

— Ah oui ?

Lawrence écoutait avec attention. Quand elle parlait de chez elle, son visage se transformait, devenant de plus en plus beau, au point où cette vision remplit le cœur de Lawrence, à deux doigts de l’implosion. Ayant fini son repas, elle se lécha le bout des doigts.

— On considère que les roses sont belles et parfaites. Elles sont l’objet de l’amour et de l’adoration du rossignol, qui représente un amant et chante sa dévotion à la rose dans bon nombre de nos poèmes. Le poète Omar Khayyám était un des préférés de mon père. Je me souviens de quelques vers.

Elle s’interrompit comme pour réfléchir avant de reprendre :

— *Jamais rose n’éclôt – m’a-t-il parfois semblé –*
Si rouge qu’où le sang d’un César fut versé ;
Chaque belle hyacinthe au milieu du parterre
De quelque tête exquise a dû jadis tomber.

Pendant une seconde, ils restèrent immobiles, le poids des mots piégés entre eux comme dans un filet invisible, puis Zehra reprit la parole.

— Une nuit, mon père s'est faufilé dans la chambre de ma mère et a demandé aux serviteurs de lui remplir une baignoire de pétales de roses, puis il lui a parlé d'amour et de roses.

— Votre père avait l'air d'un homme intelligent et romantique, dit Lawrence.

— Il l'était, en convint-elle.

Une nouvelle tristesse peignit alors son visage avec une beauté obsédante. Il n'avait pas voulu lui rappeler sa perte, aussi se hâta-t-il de poser une autre question.

— Aviez-vous un galant en Perse ?

Elle sembla déconcertée.

— Un galon ?

Elle fit un geste vers ses vêtements.

— Non, *galant*. Vous savez, un homme qui est venu vous faire la cour ? Quelqu'un qui avait envie de vous épouser ?

— Ah, je vois. Beaucoup d'hommes souhaitaient me courtiser, mais je n'étais pas intéressée. Ma mère m'avait montré les libertés d'une femme occidentale et je n'avais aucun désir d'épouser un prétendant traditionnel. Ma mère espérait que je pourrais faire une année d'études en Angleterre.

Elle but son vin et poursuivit avec un sourire coquet.

— J'avais hâte de venir ici et peut-être de rencontrer mon propre lord anglais indomptable.

Lawrence éclata de rire.

— Alors me voilà, prêt à combler tous vos désirs.

Elle arqua un sourcil sombre élégant.

— *Tous* mes désirs ?

— Oui, le moindre d'entre eux.

Elle posa son verre de vin sur la table et se redressa avant de lui tendre la main.

— Alors, emmenez-moi au lit. J'ai envie de revoir les étoiles.

Il n'allait pas le lui refuser. Ils ne penseraient pas à ce que le futur leur amènerait. Pour ce soir, il n'y avait que la beauté qui fleurissait entre eux alors qu'ils jouissaient ensemble dans les bras l'un de l'autre.

11

Le lendemain matin, Zehra dormit pendant quasiment tout le voyage en calèche. C'était la faute de Lawrence. Il avait passé toute la nuit à lui faire l'amour. À l'aube, elle s'était écroulée, complètement épuisée. C'était vrai : on *pouvait* recevoir trop d'une bonne chose. Quand la calèche s'arrêta, elle frotta le nez contre son épaule.

— Êtes-vous réveillée ?

Sa voix tendre lui donna envie de soupirer et de se blottir plus profondément dans ses bras.

— Si je dis non, pourriez-vous demander au cocher de nous ramener à Richmond ? lui demanda-t-elle d'une voix ensommeillée.

Le rire de Lawrence la réchauffa tout entière.

— Ne me tentez pas, ma chère. Je parie que cela me plairait plus qu'à vous. Je vais vous emmener vous coucher pour vous laisser vous reposer, qu'en pensez-vous ?

Il lui caressa la joue du revers de la main et elle sourit.

— Cela me plairait, tant que vous me rejoignez. Plus de chambres séparées.

— Plus de chambres séparées, en convint-il.

Pendant un moment, ils se contentèrent de se regarder dans le blanc des yeux, leurs visages assez proches pour s'embrasser. En cet instant, Zehra avait l'impression que dans la vie, elle n'aurait jamais eu envie d'autre chose que d'être avec lui.

Mais le cocher attendait qu'ils s'en aillent, aussi Lawrence aida-t-il Zehra à descendre. Il était environ dix heures quand ils gravirent les marches du perron de sa maison de Jermyn Street. Quand la porte s'ouvrit, Mr MacTavish les regarda en ouvrant de grands yeux.

— Milord, je suis désolé, mais vous avez des invités. Je leur ai dit que vous étiez absent, mais...

Lawrence se raidit.

— Qui est-ce, MacTavish ? Est-ce Avery ?

La panique dans sa voix provoqua chez Zehra une vague d'appréhension. Avery était le frère qui devait venir la chercher, celui qui avait l'intention de la renvoyer chez elle.

— Eh, non, pas celui-ci... Sa Seigneurie.

Lawrence fronça les sourcils.

— Lucien ?

— Oui, mais lord Essex, lord Lonsdale, lord Lennox

et Mr Saint-Laurent sont également ici... Ainsi que leurs *épouses*.

Ce mot fit frissonner le majordome et Lawrence éclata soudain de rire en se tournant vers Zehra.

— L'épouse de mon frère et ses amies sont... *vives*. Elles s'attirent souvent des histoires.

MacTavish hocha la tête.

— Oui, *vives* n'est pas un mot assez fort pour ces dames. Quand elles se rassemblent, je vous jure qu'elles évoquent les sorcières de *Macbeth*, grommela le majordome.

— Des histoires ?

Zehra avait lu *Macbeth* et elle doutait vraiment que ces dames soient des sortes de sorcières, particulièrement quand elle vit que Lawrence réprimait un sourire.

— Oui, la dernière fois où ces dames ont été présentes, elles ont passé deux heures à s'entraîner à crocheter les serrures de tous les cabinets du salon à argenterie.

MacTavish bomba le torse.

— Ces cabinets sont impénétrables, quoi que Sa Grâce puisse affirmer.

Zehra était légèrement perdue, mais quand ils pénétrèrent dans l'entrée, Lawrence se pencha pour lui murmurer à l'oreille.

— Émily Saint-Laurent, la duchesse d'Essex, a crocheté la serrure, et MacTavish est trop fier pour l'admettre. Sa fierté de Highlander lui fait croire qu'il garde l'argenterie de la maison dans une forteresse impénétrable.

— Une duchesse… qui crochète des serrures ? demanda Zehra, toujours désarçonnée.

Cela ne ressemblait pas à une chose que ferait une dame de haute naissance.

— Pourquoi ?

— Voyez-vous, mon frère Lucien et ses amis sont connus à Londres sous le nom de la Ligue des Rebelles.

— Les Rebelles ?

Zehra ne put s'empêcher de se demander si ces hommes étaient comme Lawrence ou bien si elle devait s'inquiéter.

— C'est juste un surnom que certains journaux ont fini par adopter pour parler de leurs exploits. On aurait pu croire qu'avec le mariage, ils se seraient calmés, pourtant, ils semblent s'unir avec des créatures qui sont toutes aussi propres à la zizanie qu'eux. Leurs femmes s'appellent à présent la Société des Ladies Rebelles et elles essaient d'être à la hauteur de ce nom.

Zehra pouffa.

— La Société des Ladies Rebelles ?

Cela lui rappelait plutôt les dames avec lesquelles sa mère avait été amie quand elle était jeune. Celle-ci ne parlait pas beaucoup de sa vie en Angleterre, mais le peu qu'elle lui avait dit indiquait qu'elle avait eu des amies fantastiques à qui il arrivait le même genre d'histoires.

— Il y a deux jours, j'ai demandé à Horatia, l'épouse

de mon frère, de m'aider à faire quelque chose. J'ai la sensation que cette faveur est la raison de leur présence. J'aurais dû m'attendre à leur venue. Je dois m'excuser à l'avance pour mon frère et ses amis. Lawrence s'arrêta quand ils arrivèrent devant le salon.

— Ah oui ?

Et s'ils la rejetaient ?

— Devrais-je monter à l'étage, alors ? Si vous pensez que je...

Lawrence porta sa main à ses lèvres et lui embrassa le revers des doigts.

— Je n'ai pas honte de vous et je ne souhaite pas vous dissimuler à eux pour quelque raison que ce soit. C'est juste mon frère. C'est un diable qui viendra certainement vous taquiner.

— C'est quelque chose que vous avez en commun.

Lawrence sourit.

— Je veux simplement vous préparer. Ils vont probablement vous accabler de questions. Je suppose que Lucien a dû apprendre de la bouche de ma mère qu'il se passe quelque chose, et il est venu m'interroger. Vous n'êtes pas forcée de leur dire quoi que ce soit dont vous ne souhaitiez pas parler. Je peux présenter vos excuses si vous préférez vous retirer pour le reste de la soirée.

— Non, je vous en prie, j'aimerais rencontrer votre frère et ses amis. Qui ne souhaiterait pas rencontrer toute une Ligue de Rebelles ?

Lawrence ricana.

— Très bien. Préparez-vous, mais rappelez-vous que je vous ai prévenue.

Il ouvrit la porte du salon et ils se retrouvèrent face à une foule de gens. Cinq gentlemen se tenaient près de la baie vitrée qui donnait sur les jardins de Lawrence, et trois dames étaient assises sur les canapés près de l'âtre. Les discussions animées s'interrompirent abruptement. Un homme roux qui ressemblait tant à Lawrence que Zehra en fut choquée s'écarta du groupe. Ce devait être Lucien.

— Lawrence, petit diablotin, qui est cette beauté ?

— Lucien, dit Lawrence avec un rire. Que faites-vous ici ? Que fait la Ligue dans ma maison ? C'est à Horatia et quelques amies que j'ai demandé une faveur, pas à vous autres.

Lucien sourit.

— J'ai appris qu'Avery et vous aviez eu une petite dispute. Maman était inquiète et m'a demandé de passer vous voir, comme vous vous imaginez. Tous les autres ont pensé que ce serait amusant de venir. Alors, tout va bien entre Avery et vous ?

L'éclat dans les yeux de Lawrence s'atténua légèrement.

— Non, mais pas besoin de vous inquiéter.

— Quoi qu'Avery veuille faire, dites-lui que vous êtes trop occupé pour ces histoires d'espionnage, lui conseilla Lucien. J'aimerais qu'au moins un de mes frères ne soit pas impliqué dans le danger.

— J'essaierai la prochaine fois, lui promit Lawrence avec un soupir.

— Mais ce n'est pas l'unique raison de ma présence. Ma femme dit qu'elle vous aide à organiser un bal pour une jeune femme.

Lucien coula un regard à Zehra. Il n'était pas sensuel, simplement curieux.

— Je suppose que c'est vous ?

Zehra regarda Lawrence. Il avait parlé d'un bal à l'épouse de Lucien ? Était-ce parce qu'elle aurait voulu aller au bal l'autre soir sans en être capable ?

— Oh, je vous en prie, s'interposa-t-elle. Vous ne devez pas vous donner du mal pour moi.

Lucien éclata de rire.

— Ah, Lawrence ne vous a donc rien dit ? Faire des histoires est notre point fort, n'est-ce pas ?

Il adressa la question d'une voix forte par-dessus son épaule à ses camarades à qui il fit signe de s'approcher. Les autres hommes qui s'attardaient toujours près de la fenêtre vinrent rejoindre Lawrence et Zehra, et les dames quittèrent leurs canapés pour suivre le mouvement.

— Je suppose que je vais devoir faire les présentations, marmonna Lawrence. J'aimerais vous présenter Miss Zehra Darzi. Sans surprise, voici Lucien, le marquis de Rochester, et sa femme Horatia.

Il désigna alors un homme brun aux yeux verts qui tenait le bras à une femme auburn.

— Voici Godric, le duc d'Essex, et sa femme Émily.

Puis voici bien sûr Miss Audrey Sheridan.

Il désigna une petite brune aux ravissants yeux bruns. Lawrence parut chercher quelque chose dans la pièce.

— Je ne compte que cinq hommes. Puis-je vous demander où est lord Sheridan ?

— Cédric est à la campagne avec Anne. Ah, les joies d'être jeunes mariés ! ajouta Lucien avec un ricanement.

Horatia lui donna un coup de coude dans les côtes.

— *Nous* sommes jeunes mariés, lui rappela-t-elle.

Lucien lui sourit d'une façon qui la fit rougir.

— Bon... poursuivit Lawrence. Horatia et Audrey sont sœurs. Puis voici Ashton, le baron Lennox.

Zehra suivit le mouvement du menton de Lawrence vers un homme blond aux yeux bleus intenses qui inclina la tête.

— Et ce jeune homme est Jonathan Saint-Laurent, le demi-frère de Godric.

Zehra vit que le bel homme aux cheveux blond cendré avait les mêmes yeux verts que son frère.

— Vous gardez le meilleur pour la fin, je vois ? dit un homme aux cheveux dorés et aux yeux argentés.

Il adressa un clin d'œil canaille à Zehra.

— Et assurément le moins honorable, répliqua Lawrence avec un sourire. Voici Charles, le comte de Lonsdale.

Toutes ces présentations faisaient tourner la tête de Zehra. Les dames la détachèrent doucement du bras de

Lawrence et l'entraînèrent à l'écart du groupe d'hommes intimidants.

— Venez, maintenant, dit Émily. Les femmes aimeraient passer du temps avec vous.

— Zehra. Quel joli nom ! dit Horatia.

Ses yeux bruns étaient chaleureux et doux.

— Merci, balbutia Zehra.

— C'est perse ? demanda cette dernière.

— Oui... Comment le saviez-vous ?

Zehra était ébahie de rencontrer quelqu'un ici qui reconnaissait les origines de son prénom.

Émily pouffa.

— Nous sommes toutes des lectrices voraces. Il y a quelques mois, j'ai été intriguée par l'histoire de la Perse. D'où venez-vous exactement, si vous me permettez de vous le demander ?

— Du sud de Shiraz.

— Ah, bien sûr, dit Émily. Je crois savoir qu'il y a de jolis jardins.

— Oui. Hier à peine, je parlai à Lawrence des jardins et lui disais que l'on y confectionnait de l'eau de rose.

— Vous produisez le *meilleur* parfum à l'eau de rose, ajouta Audrey.

Son visage de chérubin semblait plein d'innocence, mais Zehra ne rata pas l'intelligence qui pétillait dans ses yeux.

— C'est vrai, en convint-elle.

Elle regarda les hommes par-dessus son épaule. Ils

discutaient à présent entre eux et ne prêtaient plus la moindre attention aux femmes.

— Zehra... Je peux vous appeler Zehra ? demanda cette dernière.

— Bien sûr, Votre Grâce. Est-ce la façon correcte de m'adresser à vous ?

— Effectivement, mais entre amies, c'est Émily, insista-t-elle. Nous autres femmes sommes assez douées pour découvrir les choses et Horatia a compris que vous deviez être importante, puisque Lawrence lui a demandé d'organiser un bal privé en votre honneur.

Zehra ne dit rien. Elle ne savait pas ce qu'Émily espérait qu'elle lui réponde.

— Ce qu'elle veut dire, l'interrompit Horatia, est que vous n'êtes clairement pas une... *maîtresse* de Lawrence. Il ne m'aurait jamais demandé ce service à moins... à moins que vous soyez *spéciale*.

— Spéciale ? dit Zehra en secouant la tête. Malheureusement, je ne le suis pas. Loin de là. Je...

Elle ne savait pas ce qui avait provoqué son déluge de larmes, mais voilà qu'elle s'essuyait frénétiquement les yeux. Cela faisait peut-être trop longtemps qu'elle n'avait pas côtoyé des femmes de son âge dans un environnement détendu et libre, et pas sur un navire d'esclaves.

Émily passa un bras autour de ses épaules et la fit s'asseoir sur un canapé.

— Oh, ma chère. Je suis désolée si je vous ai offensée.

— Que pouvons-nous faire ? demanda Audrey.

— Je suis désolée. Je ne devrais vraiment pas pleurer. Je vous assure que vous n'avez rien fait pour m'offenser.

Très vite, Zehra se prit à raconter aux femmes tout ce qui s'était passé, du moment de terreur la nuit où le palais avait été attaqué jusqu'au sauvetage audacieux de Lawrence qui l'avait ramenée ici.

— Vous êtes réellement une princesse persane ?

Émily plaqua une main sur son cœur.

— Oh, vous êtes vraiment spéciale.

Le compliment fit rougir Zehra.

— Oui, mon père gouvernait une zone de Shiraz. C'est la raison pour laquelle on l'a tué. Al-Zahrani désirait le pouvoir de mon père et il voulait m'avoir dans son lit.

Les trois femmes grimacèrent et Horatia plissa le front.

— N'avez-vous pas parlé à Lawrence de cet Al-Zahrani ? demanda Audrey.

— Si, mais je ne lui ai pas dit qu'il m'avait suivie en Angleterre. Quiconque se tiendra entre moi et cet homme horrible risque simplement d'être mis en danger. C'est la raison pour laquelle je n'ai pas cherché à contacter la famille de ma mère. Quand je l'ai surpris dans les jardins de la Maison Blanche, il a dit à son compagnon qu'il rendrait visite à ma famille. Je crains qu'il fasse surveiller la maison au cas où j'essaierais de m'y rendre seule.

— Et vous ne pouvez pas envoyer Lawrence, car Al-Zahrani reconnaîtrait sûrement qu'il se trouvait à la vente ?

— Effectivement.

Zehra soupira et en eut légèrement le souffle coupé.

— Je sais que je dois le quitter pour les protéger, lui et ma famille.

Émily secoua la tête.

— J'ai essayé de le faire, moi-même. Faites-moi confiance : quitter une personne pour son propre bien ne se termine jamais bien. Je me suis retrouvée blessée au pied d'un escalier après qu'un homme qui voulait me posséder a essayé de me tuer. Godric était si furieux qu'il ne m'a plus laissée sans surveillance pendant deux mois. J'appréciais cette attention, mais avoir un gentleman comme chien de garde est vite devenu assommant, particulièrement durant des invitations privées à prendre le thé. Il ne cessait de fusiller mes compagnes du regard comme s'il s'attendait à ce qu'elles sortent des couteaux et des pistolets à n'importe quel moment. Les hommes sont bien imbéciles.

Zehra sourit.

— Que me conseillez-vous de faire ? Lawrence ne sait pas qu'Al-Zahrani est ici... et vous ne devez pas le lui dire ! Il ferait quelque chose de courageux et de noble...

— Ainsi que de téméraire ! Vous avez parfaitement raison. Je suis certaine que vous le lui direz quand le temps sera venu. Mais je crois que nous serions peut-être capables de vous aider à notre façon. Qui est la famille de votre mère ? Commençons par là.

— Ma mère était la fille du comte de Denbruck.

Audrey se plaqua la main sur la bouche pendant une seconde.

— Votre grand-père est lord Lyon ? Oh, il est adorable ! Est-il au courant de votre existence ?

— Je n'en suis pas certaine. On m'a dit que mon aïeul a répudié ma mère quand elle s'est mariée. Elle parlait rarement de sa famille en Angleterre.

Zehra leva la main pour toucher son médaillon qui contenait la miniature de ses parents.

— Je crains d'aller le trouver et pas simplement parce qu'Al-Zahrani surveille sa maison.

— Eh bien, *nous* pouvons aller prendre le thé avec lui et l'interroger sur votre mère, si vous voulez, dit Horatia. Al-Zahrani ne cherchera pas trois dames anglaises s'il s'attend à vous voir vous présenter à la porte.

Zehra rayonna.

— Vous pensez que c'est une bonne idée ?

Émily acquiesça.

— J'en suis convaincue. Personne ne refuse de prendre le thé avec la duchesse d'Essex.

— Elle peut se montrer très discrète dans ses questions, ajouta Audrey. Et effroyablement directe quand le tact ne marche pas.

Les yeux de Zehra se voilèrent à nouveau de larmes.

— Je vous remercie.

— Je vous remercie, dit Émily avec un gentil sourire. À présent, essuyez-vous les yeux. Les gentlemen arrivent. On ne veut pas que Lawrence vous voie pleurer. Il risquerait de se mettre en colère contre nous. Son ton taquin était réconfortant. Zehra ne pouvait pas dire à Émily et aux autres qu'il lui restait peut-être peu de temps pour voir son grand-père, que celui-ci l'accueille dans sa vie ou pas.

Lawrence fut le premier à les rejoindre.

— Zehra. Que pensez-vous d'un bal demain soir ? Un bal privé dans la maison de lord Essex ? Cela vous plairait-il ?

Zehra se redressa et battit des mains.

— Oui, ce serait merveilleux.

— Parfait.

Lucien vint se positionner derrière Lawrence et lui donna une bourrade dans le dos.

— Je vous avais dit que c'était une bonne idée.

Lawrence adressa un regard noir à son frère.

— Bien sûr que c'est une bonne idée. C'était *mon* idée.

— Bien entendu, répliqua Lucien en adressant un clin d'œil à Zehra. Alors nous allons avoir un bal privé. La question est comment éviter que Mère en entende parler.

Lawrence pâlit.

— Dieu ! Je n'avais pas songé à elle.

Elle était un véritable limier, capable de renifler le moindre événement social.

— Pourquoi pas Linus ? Il pourra certainement la distraire, l'emmener à l'opéra pour la soirée ou quelque chose de ce genre ?

— Cela marchera peut-être, en convint Lucien.

Zehra essaya de ne pas sourire en regardant Lawrence et Lucien conférer. C'était un peu comme de voir quelqu'un parler à son propre reflet.

— Laissez-moi m'occuper de Mère, dit enfin Lucien. Je lui dirai qu'elle a besoin de faire confectionner une robe pour la communion de son premier petit-enfant. Cela la tiendra occupée.

Les hommes présents ricanèrent, mais Émily et ses Ladies Rebelles levèrent les yeux au ciel.

Audrey se pencha vers Zehra et murmura quelque chose derrière sa délicate main gantée.

— Ces hommes ont l'idée ridicule qu'ils sont capables de nous distraire par la mode. Impossible. J'adore la mode, mais cela ne me distraira jamais de ce que je juge important.

Zehra sourit à l'autre femme, ressentant pour elles une camaraderie qu'elle n'avait pas éprouvée depuis longtemps. Dans une autre vie, la Ligue des Rebelles et la Société des Ladies Rebelles auraient pu devenir ses amis les plus chers.

Elle adressa à Lawrence un sourire amusé. Quand il le lui rendit, la joie à l'état pur que cela lui provoqua lui donna des ailes.

Ne pense pas aux journées qu'il te reste. Vis dans le moment et tu ne sentiras pas ton cœur se briser.

12

Émily Saint-Laurent, la duchesse d'Essex, buvait le thé dans le salon de l'hôtel particulier de lord Denbruck à Mayfair. À côté d'elle, Horatia et Audrey avaient aussi des tasses à la main. Lord Denbruck, un vieil homme dont les traits n'avaient pas perdu toute leur séduction, avait ravi ces dames en leur racontant son passé.

— Milord, dit Émily qui profita d'un silence dans la conversation. Le portrait derrière vous... Puis-je vous demander qui il représente ?

Elle désigna poliment du menton une belle femme blonde dépeinte dans une robe verte, appuyée contre une colonne recouverte de lierre anglais. Elle était certaine que cette femme était Joan, la mère de Zehra. La ressemblance de leurs yeux était étonnante. Zehra avait beau avoir les cheveux sombres et la peau olivâtre, ses yeux ne trompaient pas.

— Il s'agit de ma fille, Joan.

Lord Denbruck poussa un soupir désespéré.

— J'ai deux autres enfants, Elizabeth et Archibald. Joan était mon aînée.

Il ricana, un son qui exprimait plus de tristesse que d'humour.

— J'avais juré de ne pas faire de favoris, mais c'était la mienne.

— Que lui est-il arrivé ? demanda Audrey.

Denbruck détourna la tête.

— Elle est morte, il y a quelques semaines à peine. Elle vivait en Perse, où elle avait épousé Rafay Darzi, un shah local qu'elle avait rencontré pendant que j'étais là-bas à négocier des accords commerciaux.

— Ah oui ? s'enquit Émily.

— C'était il y a plus de vingt ans. J'étais très en colère contre elle à l'époque. Je pensais qu'elle aurait dû épouser un jeune Anglais et...

Son ton s'adoucit.

— Je crains d'avoir tout gâché avec Joan. Elle s'est quand même mariée et notre famille a volé en éclats, comme cela arrive souvent quand tout le monde est trop entêté pour réparer les choses. Elle ne voulait pas revenir nous rendre visite et j'étais trop fier pour le lui demander.

Une larme roula sur sa joue et Émily eut peur qu'il s'arrête, mais il poursuivit son récit.

— J'aimais Joan. J'ai même accepté l'homme qu'elle avait épousé, mais je n'ai pas pu me résoudre à la prier de revenir en Angleterre pour me voir. J'ai engagé le fils d'un ami qui demeurait dans la région afin qu'il garde un œil sur eux. Au fil des années, ils m'ont fait parvenir des rapports, m'ont dit comment se portaient ma fille, mon beau-fils et ma petite-fille.

— Une petite fille ? demanda Horatia.

Émily et elle s'échangèrent des regards victorieux.

— Oui, ma petite-fille, Zehra. Je n'ai jamais eu l'occasion de la voir, mais j'ai entendu dire que c'était une femme ravissante. Je n'ai appris que récemment que Joan avait l'intention d'envoyer Zehra en Angleterre pendant quelque temps et qu'elle sollicitait ma bénédiction. Hélas, la pauvre fille n'en a jamais eu l'occasion.

Émily se pencha en avant.

— Était ? Ne me dites pas que...

— Oui. Elle est morte avec ses parents à cause de conflits de clans ou une chose de ce genre. Cette partie du monde est turbulente, politiquement parlant. J'ai appris la nouvelle de leur mort il y a seulement quelques jours.

Il essuya une autre larme du bout des doigts.

— Pardonnez-moi, Mesdames. Malheureusement, je n'ai pas encore accepté la situation.

Émily et ses amies s'empressèrent de lui assurer que son débordement d'émotions ne les dérangeait pas.

— J'ai gâché notre thé, n'est-ce pas ? demanda-t-il enfin.

— Non, pas du tout.

Émily tendit le bras au-dessus de la petite table

pour lui tapoter la main.

— D'ailleurs, nous allons vous inviter à un bal dans quelques jours. Mon mari aurait envie de vous rencontrer si vous voulez bien vous joindre à nous.

— Cela me plairait, répondit Denbruck. J'ai beau avoir la barbe grise, danser me plaît.

— Fantastique ! Je vous ferai rapidement parvenir une invitation. Nous allons vous laisser vous reposer, Milord.

Émily adressa un petit signe du menton à ses amies et elles laissèrent lord Denbruck les escorter jusqu'à la porte.

Alors qu'elles grimpaient dans sa calèche privée, Émily faisait pratiquement des bonds.

— Il va vouloir la voir, n'est-ce pas ? Il ne sait pas encore qu'elle est vivante, mais une fois qu'il l'apprendra, il sera ravi. C'est *parfait*.

Horatia et Audrey en convinrent toutes les deux.

— Comment allons-nous les rapprocher ? demanda Horatia.

— Cela va contrarier les hommes, bien sûr, mais je crois que nous devrions inviter lord Denbruck à notre petit bal de demain soir.

Émily tira sur ses gants et les resserra.

— Et s'il refuse de venir ? demanda Audrey.

— Alors nous leur dirons pourquoi. Cela ne sert à rien de garder le secret s'il refuse. Savoir que Zehra est là, qu'elle est vivante et en bonne santé... Lord Denbruck aura hâte de la voir !

— Mais pour Al-Zahrani ? demanda Horatia avec des yeux voilés par l'inquiétude.

— Je refuse de laisser cet homme maléfique persécuter notre nouvelle amie. Ce n'est pas comme si nous n'avions jamais rencontré le moindre danger. Seulement, cette fois, nous savons clairement qui est derrière. Nous pourrions peut-être mettre la Ligue sur le qui-vive. Ils pourraient se relayer pour veiller sur Denbruck et sa famille. Nous devons dire à Lawrence qu'Al-Zahrani est là, bien sûr. Il doit savoir. Mais d'abord, il faut présenter Zehra à lord Denbruck. Une fois que ce sera fait, nous pourrons concevoir un plan pour sa sécurité.

Profondément perdue dans ses pensées, Émily se mordit la lèvre. Elle se rappelait à la perfection ce que cela faisait d'être impuissante et terrifiée par un homme qui voulait la posséder et la détruire. Heureusement, Godric l'avait secourue de cet homme horrible. Elle n'allait pas laisser Zehra subir ce destin une seconde de plus.

Émily n'était pas convaincue que son projet marcherait. Il suffisait de replacer les pièces dans le bon ordre.

La nuit du bal, Zehra était sauvagement nerveuse. Elle n'avait encore jamais assisté à un tel événement, mais elle avait écouté sa mère parler pendant des heures de cette expérience, assise à son genou. Elle descendit l'escalier pour rejoindre Lawrence, les yeux écarquillés et les lèvres écartées. Elle sourit, se sentant étrangement timide. Éva l'avait aidée à s'habiller et même durant sa vie à Shiraz, elle n'avait jamais autant eu l'impression d'être une princesse.

Elle portait une robe de soirée bleu saphir au style simple, mais élégant, avec un fin tulle doré sur le corsage et une partie de la jupe. C'était un style qui lui rappelait beaucoup les robes qu'elle portait chez elle. Son décolleté osé offrait une vue ravissante de sa poitrine ainsi que de la courbe de son cou et de ses épaules. Le corsage était brodé d'étoiles dorées qui formaient des constellations. Madame Ella, la modiste, avait un groupe de couturières très douées qui se montraient imaginatives dans leurs créations, chose qui plaisait immensément à Zehra.

— Mon Dieu, vous êtes extraordinaire, dit Lawrence en venant la rejoindre.

Il lui prit le visage entre les mains et l'embrassa. La chaleur s'embrasa entre eux et pendant un moment, Zehra oublia où elle se trouvait. Lawrence avait une façon de l'embrasser qui lui donnait l'impression d'avaler le temps, de les emprisonner dans un cocon de sentiments extraordinaires où rien d'autre n'existait. Quand leurs lèvres s'écartèrent enfin, elle le suivit sur quelques centimètres alors qu'il battait en retraite, puis elle dut s'arrêter.

— Même si j'aimerais vous amener à l'étage et vous ravir, je vous ai promis un bal et je ne dois pas décevoir la duchesse d'Essex. Elle adore vous aider et je sais qu'elle a planifié cet événement avec un soin particulier.

Zehra sourit.

— Elle est fantastique. Tous vos amis le sont.

Lawrence ricana.

— Oui, la Ligue et leurs épouses sont fantastiques, mais si vous osez répéter à mon frère que je vous ai dit cela, je le dénierai jusqu'à mon dernier souffle. Venez, maintenant. Notre calèche nous attend.

Zehra lui prit le bras et ils quittèrent la maison. Le temps qu'ils arrivent chez Émily, une nouvelle légion de papillons avait envahi son ventre. Elle y posa une main prudente et Lawrence le remarqua en fronçant les sourcils.

— Vous allez bien ?

— Oh, oui. Je suis simplement nerveuse.

Ses yeux noisette s'adoucirent.

— Pas besoin. Vous connaissez toutes les personnes présentes ce soir. Vous êtes censée vous amuser. N'ayez pas la moindre inquiétude. Promettez-le-moi.

Il lui leva le menton quand ils parvinrent devant la porte de la maison.

— Je vous le promets.

— Bien. Il cogna le heurtoir contre la porte et un valet les laissa entrer.

Une lumière dorée baignait l'intérieur où il résonnait déjà de la musique. Le valet guida Zehra et Lawrence vers une petite salle de bal où quelques couples dansaient déjà. Zehra vit que Godric et Émily valsaient. Le spectacle ravissant qu'ils offraient rendit Zehra jalouse. Elle voulait danser de la sorte avec Lawrence. Elle voulait se sentir proche de lui et laisser la musique se déverser dans son cœur et son âme.

Elle plaça son réticule sur une chaise près du mur.

— Pouvons-nous nous joindre à vous ?

— Absolument, dit Lawrence en lui tendant les mains. Vous savez danser la valse ?

Elle hocha la tête et se jeta dans ses bras.

— Ma mère avait engagé un tuteur qui m'a enseigné toutes les danses anglaises, mais c'était un très vieil anglais.

Il la serra contre lui et elle rougit.

— L'expérience de valser avec un amant est vraiment différente, dit-il d'une voix assez basse pour qu'elle soit la seule à l'entendre.

Ils se mirent à danser. Le bal privé était tout ce qu'elle avait rêvé qu'il soit : la lumière des bougies, la musique, son cœur battant, son corps qui vibrait de joie et l'excitation d'être vivante en cet instant. C'était comme si chaque parcelle d'obscurité dans son cœur avait été bannie. Elle perdit le compte de leurs danses, mais elle les dansa toutes avec Lawrence, même alors que les autres gentlemen demandèrent en plaisantant que Lawrence la partage avec eux. Il le leur refusa chaque fois. Elle dansa un quadrille, une valse, un menuet et même une boulangère, qui la fit rire alors qu'elle dansait en cercles avec les autres.

Et malgré tous ses efforts, elle ne faisait que tomber amoureuse de lui de plus en plus. Elle avait fait la seule chose qu'elle savait être dangereuse pour son cœur : elle était tombée amoureuse d'un homme qu'elle ne reverrait jamais. La danse finie, les larmes lui brûlèrent les yeux.

Lawrence la plaqua contre lui.

— Tout va bien ? lui demanda-t-il l'inquiétude assombrissant son visage séduisant.

Elle baissa la tête.

— Effectivement.

— Je voulais que ce soit une nuit spéciale, parce que...

Son visage était devenu écarlate.

— Oui ?

Son cœur commença à marteler et elle avait trop peur qu'il laisse cette émotion imbécile appelée l'*espoir* fleurir en elle, alors qu'elle savait qu'elle n'aurait pas dû croire qu'il puisse...

Les portes de la salle de bal s'ouvrirent brusquement et un homme roux entra en trombe, flanqué de plusieurs acolytes. Leurs visages étaient sombres. Les violons s'interrompirent dans un crissement, mettant un terme à la danse quand tous ceux qui entouraient Zehra et Lawrence se tournèrent vers les hommes debout dans l'encadrement de la porte.

Lucien s'avança.

— Avery ? Qu'est-ce que cela signifie ?

— Avery...

Zehra murmura son nom, sa poitrine remplie d'appréhension. C'était le frère de Lawrence, l'homme qui l'emmènerait, la mettrait sur un bateau et le renverrait vers un pays familier où elle avait tout perdu.

— Zehra, dit lentement Lawrence. Venez derrière moi tout de suite.

Il se positionna devant elle et tendit les bras pour la protéger.

— Lawrence, vous êtes requis de restituer la femme en votre possession, sur ordre du ministère de l'Intérieur. Si vous refusez, vous serez placé en état d'arrestation et risquez une audition devant le magistrat.

— Que diable faites-vous ? gronda Godric. Vous n'avez pas le droit de…

— Votre Grâce, au contraire, j'en ai non seulement le droit, mais également le devoir. Sur ordre de la Couronne.

Avery tendit un bout de papier à Godric. Celui-ci le parcourut et son visage pâlit alors qu'il le tendait à Lucien sans un mot. Son ami parcourut rapidement le papier et regarda successivement Lawrence et Avery. Il rendit le document à ce dernier en pinçant les lèvres.

— Quoi ? dit Émily. Qu'y a-t-il ? Qu'est-ce que cela dit ?

Godric s'éclaircit la gorge.

— Ils ont l'autorité d'emmener Zehra sur le champ et d'emprisonner Lawrence ou quiconque résistera.

— L'emprisonner ?

Horatia serra le bras de son mari tandis que Lucien

fusillait Avery du regard.

La voix de Godric se durcit, mais elle recelait une note de défaite.

— Mesdames, si vous vouliez bien attendre dans l'autre pièce le temps qu'on règle la situation.

Émily écarquilla les yeux.

— Godric, non. Je ne le permettrai pas. Il y a des choses que vous devez tous entendre avant de vous précipiter...

— Émily, mon amour. Cela ne me plaît pas, mais vous devez quitter immédiatement la pièce. Je ne veux pas que vous soyez impliquée dans ce qui doit arriver.

— Godric, vous ne comprenez pas...

Cependant, le duc d'Essex avait déjà adressé un geste du menton aux serviteurs présents qui escortèrent Émily et les autres dames hors de la pièce avant qu'elles ne puissent conclure leurs protestations, même si Émily réussit à exprimer qu'ils se montraient tous incroyablement entêtés. Aucun des hommes ne l'écoutait !

À présent, seuls Lawrence et la Ligue se dressaient contre les hommes d'Avery. Zehra était entre eux. Elle était plaquée contre le dos de Lawrence et tous les muscles qu'elle touchait étaient aussi durs que la pierre. Elle ferma les yeux, acceptant avec appréhension et déchirement ce qu'elle avait à faire.

— Lawrence... Je dois partir avec lui, dit-elle.

Elle essaya de le contourner, mais il suivit son mouvement, restant positionné entre elle et son frère.

— Non. Je ne vais pas le laisser vous emmener. Pas

après tout ce qui...

Sa voix se brisa. Ses yeux noisette pétillèrent et elle craignit que s'il pleure, elle n'ait plus la force de faire le nécessaire.

Zehra se mordit fort la lèvre. Son cœur se brisait et à en juger par le regard dans les yeux de Lawrence, le sien aussi.

— Vous en avez tant fait pour moi, Lawrence ! Vous m'avez donné beaucoup de choses merveilleuses au cours de ces derniers jours et je ne l'oublierai jamais. Je ne vous le pardonnerais pas.

Tant que je vivrais, vous aurez mon cœur, peu importe la distance entre nous.

Zehra referma les doigts sur son gilet et l'attira vers elle, l'embrassant devant tous les membres de l'assistance. Elle n'aurait jamais d'autre occasion. Sa bouche tremblait alors qu'elle essayait d'imprimer ce dernier baiser sur son âme. Cela ne suffirait jamais, mais c'était tout ce qu'elle pourrait avoir. Elle s'écarta et plaqua le revers de sa main sur sa bouche pour réprimer un sanglot.

— Non, l'implora Lawrence. *Non...*

Il tendit les bras pour l'attraper, mais elle s'éloigna en titubant. Elle devait partir. Il n'y avait pas d'autre moyen de le protéger – ou Avery, d'ailleurs – d'Al-Zahrani.

— Pardonnez-moi, Lawrence.

La douleur dans sa gorge lui permit à peine de s'exprimer alors qu'elle s'écartait de lui.

13

Avery rattrapa Zehra au milieu de la salle de bal et la saisit par le bras. Elle eut un mouvement de recul, pas de douleur, mais à cause du souvenir de la nuit où le meneur d'enchères l'avait agrippée de la même façon : pas en tant que personne, mais en tant qu'objet.

— Avery, vous ne pouvez pas faire cela ! dit Lawrence d'une voix qui débordait de fureur et de panique. Si vous la renvoyez, Zehra sera à nouveau confrontée à l'esclavage.

Avery secoua la tête.

— Je vous assure qu'on s'occupe des marchands d'esclaves, tant ici qu'à l'étranger. Et je vous avais prévenu que c'était inévitable.

— Oui, dans une *semaine*, répliqua Lawrence. Ce temps ne s'est pas écoulé. Pourquoi cette entrée soudaine ? Résoudre ceci paisiblement ne vous aurait pas contenté ? Vous aviez besoin d'une démonstration de force ? Pourquoi ?

Le visage d'Avery se durcit.

— Les affaires ont changé, mon frère. L'ambassadeur persan a été informé de ce qui s'est passé à la Maison Blanche et dans son indignation, il a exigé que cette histoire soit résolue rapidement. Il a appris que vous étiez en possession d'une de ces femmes et il a insisté pour qu'on agisse immédiatement.

Lawrence haussa le ton.

— Je ne suis pas en possession...

— C'est devenu bien plus important que vos jeux ou votre besoin de jouer aux héros pour satisfaire votre désir, Lawrence. La stabilité de notre empire est en jeu.

— Du désir ? se mit à crier Lawrence. Cela n'a *jamais* été une question de désir. Plutôt de justice, d'équité, de compassion et... et d'*amour*.

Il prononça ce mot avec une révérence tranquille et puisque la salle de bal était redevenue silencieuse, tout le monde l'entendit.

Avery souffla, ce qui ne fit apparemment que renforcer la résolution de Lawrence.

— Je jure devant Dieu que je me battrai contre vous pour la récupérer si j'y suis contraint. Au diable avec votre autorité !

Zehra frissonna devant la dualité effrayante de cet homme qui était capable de l'aimer si profondément tout en menaçant son propre frère.

— Ne vous comportez pas comme un imbécile romantique, Lawrence.

Avery fit signe aux hommes qui se tenaient derrière lui.

— Six contre un. Vous avez toujours choisi vos combats comme un sot.

— Je dirais que le compte est plutôt six contre six.

Godric s'avança et roula des biceps. Le reste de la Ligue – Jonathan, Charles, Ashton et Lucien – s'avança vers Lawrence en hochant la tête pour lui montrer son soutien.

— Désolé. J'ai mal compté, Votre Grâce, dit Avery. Toutefois, je parle pour la Couronne et la Couronne parle pour l'Empire. Dans ce cas, vos titres et vos privilèges ne pourront pas vous protéger. Vous encourrez tous des poursuites si vous résistez. Je vous en prie, ne rendez pas la chose difficile.

Charles éclata de rire.

— Malheureusement, ce n'est pas la première fois que j'ai entendu cette menace. Elle ne m'a pas effrayé à l'époque et elle ne me fait pas peur maintenant. Je suis parfaitement disposé à rester aux côtés de Lawrence, comme tous les hommes ici présents.

Un par un, les autres se rapprochèrent comme s'ils se préparaient à la bataille. Zehra n'en croyait pas ses yeux. La Ligue s'était ralliée à Lawrence. Pour elle.

— Lawrence, soyez raisonnable.

La prise d'Avery sur le bras de Zehra se radoucit alors qu'il plaidait avec son frère.

— De toute façon, elle devait bientôt rentrer chez elle. Quelle différence, si c'est aujourd'hui ou demain ? Ne me forcez pas à agir.

— C'est *mal* et vous le savez, le prévint Lawrence.

Avery baissa la tête.

— Je suis désolé. Ce n'est pas ce que je souhaitais. Cela dit, j'ai mes ordres et je ne peux pas y désobéir. Vous ne comprenez pas ce qui est en jeu.

— Alors qu'allez-vous choisir, Avery ? Votre devoir ou bien votre famille et vos amis ?

Lawrence laissa planer la menace.

Avery raffermit sa prise sur le bras de Zehra.

— Vous me demandez de choisir entre ma famille et mon pays. Je crois que vous connaissez déjà ma réponse.

Il s'ensuivit alors un flou effrayant. Avery cria à ses hommes de camper sur leurs positions tandis que la Ligue et Lawrence se précipitaient vers eux. Avery recula, gardant Zehra près de lui tout en l'entraînant vers la porte. La salle de bal n'était plus que cris et chaos tandis que les hommes échangeaient des coups.

— Restez en arrière, je ne veux pas vous faire de mal.

Les mains d'Avery restaient tendres alors qu'il la protégeait pendant que la Ligue luttait contre les agents de police. Heureusement, personne n'osa dégainer une arme. Les deux factions choisirent plutôt de boxer et de lutter les uns contre les autres pour se forcer mutuellement à se soumettre. Zehra essaya d'apercevoir

Lawrence. Son cœur s'emballa et vague de panique s'abattit sur elle.

— Par là.

Avery et Zehra atteignirent la porte de la salle de bal, mais le jeune homme fut soudain projeté contre le mur qui jouxtait la porte ouverte. Lawrence l'y plaquait en le tenant par la gorge.

— Si vous me l'enlevez, siffla Lawrence, je ne vous le pardonnerai jamais. *Jamais.*

La prise d'Avery sur le bras de Zehra se desserra. Il soupira en la lâchant. Ses yeux noisette brûlèrent de regret.

— Alors, prenez-la, bon sang ! Mais vous en subirez les conséquences.

Zehra tituba en arrière en se frottant le poignet. Elle se rendit alors compte que d'autres personnes se tenaient dans l'encadrement de la porte de la salle de bal, à seulement quelques mètres d'elle : une femme rousse élégante et un séduisant vieil homme aux cheveux argentés. Derrière eux se trouvaient Émily et les autres femmes, qui n'avaient pas l'air particulièrement ravies de leur récent bannissement.

— Que diable se passe-t-il ? demanda la vieille femme.

Sa voix traversa la pièce avec la force d'un éclair. L'échauffourée s'arrêta abruptement quand Avery ordonna à ses hommes de s'écarter.

Lawrence lâcha Avery et alla rejoindre Zehra, serrant sa main tremblante dans la sienne.

— Mère ?

Mère ? C'était la mère de Lawrence ? Il était impossible de ne pas déceler les similitudes dans leurs traits, mais Zehra en fut tout de même choquée. Les yeux de la vieille dame vinrent se poser sur elle et son visage devint très pâle.

— Non, ce n'est pas possible…

Cette voix n'était pourtant pas la sienne. Le vieil homme au côté de lady Russell s'avança lentement. Il tendit des mains tremblantes vers Zehra. Elle aurait battu en retraite devant un tout autre homme… mais il y avait quelque chose de familier chez lui. Inexplicablement, il la rassurait. L'homme regardait le médaillon.

— Les armoiries de la famille Denbruck. Par Dieu, c'est vraiment vous… Mais comment ? On m'avait dit…

L'homme regardait Zehra comme si, étrangement, elle tenait à la fois du fantôme et du miracle.

— Qui est-ce ? demanda lady Russell.

— La fille de ma fille décédée. La petite Zehra. Ma rose du désert.

Sa voix se brisa quand il lui toucha le visage.

— Vous… Vous me connaissez ? demanda Zehra.

Elle avait trop peur d'espérer que la réponse qu'il lui fournirait était celle qu'elle souhaitait entendre.

— George Lyon, comte de Denbruck, mais plus important encore… Je suis votre grand-père.

Il afficha un sourire hésitant et lui tendit les bras. Pendant un moment, Zehra fut incapable de respirer et elle se contenta de regarder cet homme qui était sa famille et qui l'attendait, les bras ouverts.

Elle se précipita vers lui et colla le visage contre sa poitrine. Il était plus grand que ce qu'elle s'était imaginé et il la serra dans ses bras puissants. *Mon grand-père... Il est vraiment là...* Elle serra fort les paupières, bloquant les larmes qui menaçaient de couler.

La mère de Lawrence se reprit la première. Émily et les autres dames vinrent la rejoindre à la porte.

— Quelqu'un ferait mieux de m'expliquer ce qu'il se passe. Lawrence, Avery, pourquoi vous disputez vous encore ? D'ailleurs, pourquoi *tout le monde* se dispute-t-il ? J'exige des réponses et par dieu, je vais les obtenir !

La duchesse d'Essex vint se placer au côté de lady Russell.

— Je vous en prie, Lady Russell.

Elle murmura quelque chose à l'oreille de la matriarche. La vieille dame hocha la tête puis Émily et elle quittèrent la pièce ensemble. Elle adressa quand même à ses fils un regard noir qui indiquait que cette histoire était loin d'être terminée.

Zehra se tourna alors vers son grand-père, la gorge nouée.

— Puis-je avoir une minute pour vous parler seule à seul, Milord ? demanda-t-elle avec une nouvelle bouffée de nervosité.

— Bien sûr. Tout ce que vous voulez, dit lord Denbruck en souriant.

Lucien adressa un geste du menton à la Ligue et aux dames encore présentes.

— Partons. Avery, prenez vos hommes et rentrez chez vous, à moins d'avoir l'intention d'envoyer en Perse la petite-fille d'un pair ?

— Non. Bien sûr que non, fit Avery d'une voix bourrue.

Denbruck passa un bras protecteur autour des épaules de Zehra.

— Qu'y a-t-il ?

— Apparemment, il y a eu un malentendu, Milord, dit Avery. Si quelqu'un avait pris la peine de m'en informer, nous n'aurions jamais...

Il n'acheva pas sa phrase et ses yeux s'adoucirent quand il jeta un regard d'excuse à Zehra.

— Madame, si j'avais su que vous étiez parente de lord Denbruck, je jure que j'aurais résolu ce problème bien plus vite et de façon plus amicale. Je vous prie de m'excuser.

Zehra lui adressa un petit signe du menton. Elle comprenait, peut-être mieux que Lawrence. Il maintenait la paix entre les nations. Son père s'était confronté aux mêmes décisions difficiles. Parfois, il y avait une différence entre chercher la justice et faire le nécessaire. Elle craignait pourtant que cela coûte aux deux frères leur relation. Tout cela à cause d'elle...

Avery demanda à ses hommes de partir. Quand tout le monde eut quitté la pièce, Lawrence se refusa à partir.

Zehra lui prit les mains.

— Lawrence, je vous en prie, attendez-moi dehors.

Il scruta son visage.

— Si je ferme les yeux, j'ai peur que vous disparaissiez. Vous n'allez pas le faire, n'est-ce pas ? Je ne peux pas vous perdre, Zehra.

Ses paroles la firent trembler de peur et d'espoir à égale mesure.

— Non, je n'irai nulle part, promit-elle.

Elle ressentait la même chose pour lui, comme si au moment où il allait sortir, il risquait de disparaître. Il coula un œil à Denbruck puis tous les deux se retrouvèrent enfin seuls.

— Milord, s'adressa-t-elle au vieil homme.

— Appelez-moi Grand-père ou George. Je vous en prie. J'insiste. Nous sommes parents.

— Grand-père.

Elle testa le mot qui sonnait bien.

— Ma mère et mon père sont... partis.

— Je sais, mon enfant.

Le choc la figea sur place.

— Vraiment ?

— Oui. J'ai appris la nouvelle il y a quelques jours.

— Mais... comment ?

Il poussa un profond soupir.

— Il y a longtemps, j'ai engagé un ami pour garder un œil sur vos parents. Je me sentais mal d'avoir fait voler ma famille en éclats et de ne pas avoir donné ma bénédiction à l'union de vos parents. J'étais un homme fier, je le suis toujours, mais comme on dit, le temps soigne toutes les blessures, et je me préoccupais alors davantage de son bonheur et de sa sécurité. J'ai appris votre naissance, j'ai entendu raconter votre enfance, vos réussites... Je rêvais de vous rencontrer. J'aurais simplement préféré – sa voix redevint rauque – que ce soit dans des circonstances plus heureuses. Dites-moi, comment êtes-vous arrivée en Angleterre ? Mon ami Michael vous pensait morte. Il a dit qu'un homme appelé Samir Al-Zahrani a aidé un autre shah à assaillir le palais et tuer tous ses occupants.

Elle se prépara, sachant que la vérité allait devoir sortir. Elle ne voulait que de l'honnêteté entre eux.

— Mes parents avaient confiance en Al-Zahrani, mais il nous a tous trahis et m'a enlevée pour devenir sa concubine. Je me suis échappée, mais j'ai été kidnappée par des marchands d'esclaves et vendue à un bordel anglais.

George en resta bouche bée.

— Mon Dieu ! Zehra, vous allez bien ? Quelqu'un vous a-t-il fait du mal ?

— Je vais bien, le rassura-t-elle. Lawrence Russell m'a sauvée. Il était présent pour aider à stopper la vente et il m'a achetée afin de me protéger. J'avais trop peur pour lui parler de vous. Al-Zahrani me cherchait toujours et je l'ai entendu menacer de tuer tous ceux qui se dresseraient en travers de sa route.

Elle hésita et rougit.

— J'avais peur de mettre votre vie en danger si j'essayais de vous retrouver. Et...

Encore une fois, elle lutta pour trouver les paroles adéquates.

— J'avais peur que vous ne vouliez rien avoir à faire avec moi.

Des larmes roulèrent sur les joues de son grand-père.

— Si je l'avais su, j'aurais pu vous épargner bien des souffrances, mon enfant. Quand Michael m'a dit qu'il avait entendu dire que vous veniez à Londres, j'avais l'intention de vous trouver et de vous rencontrer. Je veux *tout* à voir à faire avec vous. Je regrette seulement que votre mère ne sache jamais à quel point je suis heureux de vous avoir enfin retrouvée. Vous devez rentrer avec moi ce soir !

— Mais Al-Zahrani, l'homme qui m'a kidnappé, est toujours dans la nature. Vous ne serez pas en sécurité, pas tant que je resterai avec vous.

— Avez-vous dit Al-Zahrani ?

Zehra se crispa en entendant une voix dans l'encadrement de la porte. Avery s'y tenait et les observait. Sur ses talons, Lawrence fusillait son frère du regard.

— Euh... Oui, dit Denbruck. Ma petite-fille a dit qu'il l'a enlevée et qu'il a menacé de tuer tous ceux qui essaieraient de la récupérer.

— Quoi ?

Les yeux écarquillés, Lawrence braquait à présent toute son attention sur Zehra.

— Pourquoi ne pas me l'avoir dit ?

Il devança son frère, vint à elle et lui prit les mains. Lord Denbruck observa leurs mains jointes avec une curiosité silencieuse.

— Parce que je savais que vous partiriez à sa poursuite, avoua-t-elle à Lawrence. Je ne pouvais pas vous laisser risquer votre vie pour moi.

— Elle a raison, dit Avery. Vous auriez été suffisamment téméraire pour vous jeter à l'assaut du danger. Vous l'auriez défié en duel ou une bêtise de ce genre.

Il jeta un regard à Zehra.

— Miss Darzi, sachez qu'Al-Zahrani n'est plus à Londres. Nous connaissons cet homme et nous le faisons suivre. S'il ne comptait pas parmi les marchands d'esclaves qui vous ont amenée à Londres, il se trouvait à la Maison Blanche cette nuit-là. Je devine que c'est lui qui a informé l'ambassadeur à votre sujet, ce qui peut expliquer pourquoi il a insisté pour qu'on agisse avec une telle précipitation. À présent, je me dis que si j'avais suivi ses ordres, vous seriez bel et bien retombée entre ses griffes.

Les mains de Zehra volèrent jusqu'à sa bouche, mais Avery poursuivit rapidement.

— Mes hommes l'ont pisté jusqu'à Brighton où ils ont reçu l'ordre de l'appréhender et de le renvoyer chez lui. Et s'il résiste... Eh bien...

Avery laissa la menace planer. Il se tourna vers son frère Lawrence qui soupira et lui adressa un léger geste du menton compréhensif.

— Je vous raccompagne à la porte, Avery.

Lawrence serra les mains de Zehra.

— Je reviens vite. Il partit raccompagner son frère.

Denbruck souriait à nouveau.

— Vous voyez ? Tout finit bien, mon enfant. Vous allez rentrer avec moi immédiatement. Je veux que vous vous reposiez, et vous avez une tante et un oncle qui ont envie de vous rencontrer. Puis nous devrons vous introduire en société, bien sûr, quand vous serez prête.

Cette perspective fit tourner la tête de Zehra. Elle voulait partir avec lui, mais souhaitait également rester avec Lawrence.

— Acceptez-vous de venir avec moi ? demanda le vieil homme d'un ton gentil.

Elle se mordit la lèvre et hocha la tête.

— Mais je vous en prie, Grand-père, je dois parler à Lawrence avant de partir.

Le regard bleu du vieillard se fit acérer.

— Je dois d'abord en savoir plus sur lui. A-t-il eu le moindre geste déplacé envers vous ? Dites-le-moi et je...

— Non ! Il a été merveilleux. Il m'a fourni tout ce dont j'avais besoin. Il s'est montré courageux, fort, gentil et...

Un millier d'autres adjectifs pour le décrire ne quittèrent jamais ses lèvres. *Aimant, passionné, tendre, fantastique, coquin...*

— Et vous êtes tombée amoureuse de ce garçon ? demanda son grand-père avec un petit rire. Cela ne me surprendrait guère. Les garçons de lady Russell sont charmants. Ce sont également des vauriens, tous autant qu'ils sont, mais aussi des hommes très bien. Vous a-t-il brisé le cœur ?

— Non, répondit-elle honnêtement. Je l'aime et il m'aime.

Denbruck croisa les bras.

— Eh bien, vous devez comprendre que tout ceci est hautement inhabituel. Sous tous les points, c'est scandaleux, mais je suppose que ce ne sera pas difficile à rectifier. Je l'autoriserai à venir vous rendre visite quand on vous aura introduite dans le monde comme il se doit. Dans quelques mois, il pourra passer avec des fleurs ou ce genre de petits riens, et vous emmener faire du cheval dans le parc... ou ce que les jeunes hommes font avec les dames à notre époque.

— Dans quelques mois ?

— Je crains qu'il ne faille agir de la sorte. Si vous deviez vous déclarer maintenant, avant même d'avoir été introduite en société, cela rendrait les choses plus difficiles pour vous deux. Les commérages et les rumeurs écorneraient vos deux noms. Quelques mois n'arrêteront pas l'amour, si c'est ce que vous ressentez tous les deux. Allons, je vais vous ramener. Nous parlerons d'abord au jeune homme, puis il sera temps d'apprendre à nous connaître, vous et moi. J'ai déjà raté bien trop d'années de votre vie. Je ne veux pas laisser passer un moment de plus.

Zehra essuya quelques larmes alors qu'ils quittaient la salle de bal pour aller trouver Lawrence.

Lawrence arpentait le vestibule. Avery et lui venaient de discuter calmement pendant quelques minutes et ils s'étaient tous les deux excusés. Il avait pris son frère dans ses bras et l'avait renvoyé à la maison, mais il n'était pas retourné dans la salle de bal. Il voulait donner à Zehra un peu de temps avec son grand-père. Tous les participants des festivités interrompues de la soirée s'étaient poliment éclipsés, le laissant patienter seul. Enfin, Zehra et son grand-père sortirent de la salle de bal. Lawrence adressa un signe du menton respectueux à Denbruck.

— Milord.

— Mr Russell, lui répondit Denbruck. Ma petite-fille m'a parlé de vous et de la nature de l'aide que vous lui avez apportée. Je ne saurai jamais exprimer à quel point je vous suis reconnaissant d'avoir été présent cette nuit-là pour l'aider.

— C'était un privilège, Milord, dit Lawrence qui soutint son regard. Et avec votre permission...

— Par le ciel, mon garçon, nous aurons largement le temps de voir cela plus tard. Vous pouvez passer me voir demain, si vous le désirez, mais je vous offre ma bénédiction à tous les deux... Une fois que les dispositions adéquates seront prises, bien entendu.

Il sourit tristement.

— Vous allez me l'enlever avant même que j'aie eu l'occasion de la connaître.

Il se pencha pour embrasser la joue de Zehra.

— Je vous attendrai dehors. Quand Sa Grâce m'a invité ici ce soir, je n'étais honnêtement pas d'humeur à danser, alors j'ai demandé à ma calèche d'attendre devant au cas où j'aurais besoin de m'éclipser rapidement. J'ai l'intention de m'en servir.

Il ricana en chatouillant Zehra sous le menton comme si elle était une petite fille de dix ans et pas une femme de vingt.

Après son départ, Lawrence prit Zehra dans ses bras, l'étreignant avec une férocité qui le surprit.

— Seigneur, j'ai cru que je vous avais perdue !

La terreur qu'il avait ressentie quand Avery avait essayé de l'emmener ne ressemblait à rien de ce qu'il avait connu jusque-là. C'est là qu'il avait su qu'il allait l'épouser et lui donner tout ce qu'il pouvait dans la vie pour la rendre heureuse, même s'il devait défier son pays pour le faire.

— Lawrence, vous n'êtes pas forcé de régulariser honorablement la situation, dit-elle.

Sa voix contenait une note chevrotante qui poignarda le cœur de Lawrence.

— Personne ne m'a jamais forcé à faire quoi que ce soit d'honorable, répondit-il. Je suis un vaurien, ma chère. Quand je fais quelque chose, c'est parce que j'en ai envie. Et j'ai décidé que je veux ma princesse persane dans mon lit, dans ma vie et dans mon cœur. Allez-vous me le refuser ?

Il replia les doigts sous son menton et lui fit

basculer la tête en arrière pour pouvoir se plonger dans ses yeux bleu clair.

— Tant que vous m'aimez, alors non, je ne vous refuserais rien.

— Bien. Parce que je trouverai le moyen de vous convaincre de tomber amoureuse de moi.

Elle inclina la tête, un air déçu sur le visage.

— Je crains que ce soit malheureusement impossible, Milord.

Lawrence était perplexe.

— Oh ? Pour quelle raison ?

— Vous ne pouvez pas convaincre quelqu'un de quelque chose qu'elle tient déjà pour acquis.

Zehra adopta un air coquet.

— Je pourrais faire *semblant* d'avoir besoin d'être séduite. J'ai envie de voir ce que vous comptiez faire pour me convaincre.

— Vous verrez quand je serai en mesure de vous avoir en tête à tête.

Il plaqua les lèvres contre celles de Zehra. Son baiser était lent et tendre, et il savourait le poids de son corps entre ses bras. Pourtant, il devait la laisser partir, du moins pour le moment. Pas très long, mais bien trop long, tout à la fois.

— Vous rêvez de moi ? demanda-t-elle avec un grand sourire.

Il essayait de paraître assuré, mais au fond de lui, il craignait toujours qu'elle lui échappe. Cela lui provoquait une douleur douce-amère au plus profond de sa poitrine.

— J'ai toujours rêvé de vous, mon vaurien rebelle, dit-elle.

Elle l'embrassa une nouvelle fois avant de le laisser seul dans le couloir. Puis elle alla rejoindre son grand-père à l'extérieur, emportant avec elle le cœur de Lawrence.

ÉPILOGUE

Debout au fond de la salle comble, Lawrence regardait la plus belle femme du monde descendre les marches qui menaient à la salle de danse principale. Il n'y avait pas de tristesse dans ses yeux, aucune trace de la douleur qu'elle avait subie. Al-Zahrani, l'homme qui l'avait pourchassée jusqu'à Londres, reposait au fond de l'océan après une bataille en mer contre la flottille marchande d'Ashton Lennox. Zehra était en sécurité. Maintenant et pour toujours.

— Miss Darzi !

Le maître de cérémonie annonça son nom et la foule éclata en un tonnerre d'applaudissements.

— Est-ce croyable ? La petite-fille de Denbruck ? murmura une femme devant lui à une amie. C'est une princesse, vous savez.

— En effet. Issue de la royauté persane, dit-on,

répondit sa compagne. Une véritable beauté exotique. Cette année, aucune débutante n'aura la moindre chance contre elle. Dieu merci, ma fille est déjà mariée !

— J'ai entendu dire qu'elle a été vendue comme esclave, mais a été secourue par un gentleman ici, en Angleterre ! murmura la première femme d'une voix scandalisée.

Lawrence se crispa, s'attendant à ce qu'elles la condamnent.

L'autre femme frissonna.

— Oh, Helen, vous lisez trop de romans horribles, j'en ai peur.

Une autre compagne prit la parole.

— Elle a raison. Si c'était vrai, je ne doute pas que Madame Société ait dit quelque chose dans la *Gazette de la Lorgnette*.

— Mais ce ne serait pas excitant si c'était vrai ? demanda Helen.

— Oh, je suppose que cette idée évoque un certain romantisme, mais nous ne devrions pas donner foi à ces histoires. Cela dessert la jeune femme, je vous l'assure. J'ai entendu dire que le roi en personne avait pris le thé avec elle hier et qu'il était complètement captivé. Tous les célibataires d'Angleterre vont se battre pour obtenir sa main.

Helen sourit derrière son éventail.

— Ils perdraient leur temps. Je connais une femme qui se trouvait à Bond Street hier, et elle a vu Miss Darzi acheter la plus belle des robes de mariée.

— Quoi ? dirent les autres d'une même voix.

— Quelqu'un lui a déjà fait sa demande. J'en suis certaine. Je me demande qui est l'heureux élu.

— Hmm, d'autres lubies, j'en suis certaine. Helen, je jure que ces romans signeront votre perte.

Lawrence sourit discrètement. Il longea le fond de la pièce pour s'approcher de Zehra, regardant tous les hommes qui se battaient pour obtenir son attention. Dotée d'un maintien aussi royal que n'importe quelle reine, elle leur adressait des sourires doux et polis. Mais quand il vint se placer devant elle et lui adressa une révérence gracieuse, elle rougit et les murmures se propagèrent parmi la foule.

— La première danse m'est réservée, n'est-ce pas ?

Il désigna son carton du menton, là où il avait écrit son nom plusieurs jours auparavant.

— Je crois que vous avez essayé de *toutes* vous les réserver.

Elle se dirigea droit vers lui, ne détournant pas les yeux de sa personne, alors que lui aussi ne voyait qu'elle.

— Bien sûr. C'est la seule façon de vous empêcher de vous rendre compte que je suis piètre danseur.

Elle éclata de rire.

— Allons donc.

— Vous allez vraiment m'épouser ? lui demanda Lawrence alors qu'ils se préparaient à danser.

Ses yeux bleus étaient remplis d'un tendre feu.

— Vous croyez que non ?

— À présent, vous êtes libre de choisir n'importe quel Londonien. Un homme fortuné, titré. Un homme bien meilleur que moi.

Le cœur battant, il referma une main autour de la taille de Zehra. Elle était sans aucun doute la femme la plus désirée de Londres. Même le roi avait été séduit par elle. Il devait savoir si elle le désirait vraiment et ne lui était pas simplement redevable.

— Alors, il faut que je sache. Pourquoi moi ?

— Parce que dès notre première rencontre, vous m'avez sauvée.

Son cœur se serra. C'était ce qu'il avait craint.

— Vous ne me devez rien, Zehra, vous le savez. Je vous ai dit une dizaine de fois que je ne souhaitais rien en retour. Je ne faisais que mon devoir.

Elle le regarda comme si elle avait envie de rire. Ils commencèrent à évoluer en cercles lents dans la salle. La plupart des invités les regardaient, mais personne n'était assez proche pour les entendre.

— Lawrence, vous êtes tout aussi bête que fantastique ! Je ne voulais pas dire lorsque vous m'avez sauvée de ces autres hommes.

— Alors que vouliez-vous dire ?

— Avant vous, je n'avais pas d'étoile pour guider mes pas, répondit-elle. Quand vous m'avez prise dans vos bras, cette impression d'être perdue s'est évanouie. Je savais que je vous voulais vous et personne d'autre, même si je n'avais pas encore compris la profondeur de ce désir... de cet amour.

Elle baissa le menton pendant un moment avant de le relever d'un geste défiant.

— On m'a dit que les Anglais ne parlent pas aussi ouvertement de l'amour, mais moi si. J'aime férocement. Je *vous* aime férocement. Ce n'est pas dans ma nature de remettre en question mon cœur ou ses désirs mystérieux.

Zehra leva le menton pour le regarder.

— C'est ce que vous ressentez pour moi ?

Pendant un instant, il fut incapable de parler, mais il finit par hocher la tête.

— Plus que tout.

— C'est pour *cela* que je vous épouse. À présent, mon rebelle anglais, cessez de trop réfléchir et dansez.

Incapable de contenir sa joie, Lawrence lui adressa un large sourire.

— Voilà une chose que je serais ravi de faire.

Ce soir, ils danseraient. Le lendemain, ils annonceraient leurs fiançailles dans les journaux. Alors qu'il l'avait rencontrée dans des circonstances particulièrement scandaleuses, il ne laisserait pas leur mariage commencer sous un nuage similaire. Les musiciens se préparèrent à la danse suivante et les couples se dispersèrent sur la piste, mais ni lui ni Zehra ne les virent. Ils étaient ensemble dans un monde qui ne contenait qu'eux et la musique qui se déversait dans leurs cœurs.

ZEHRA PÉNÉTRA DANS SA CHAMBRE DANS LA MAISON DE son grand-père, les pieds toujours douloureux après ce bal merveilleux. Elle sentait pourtant que quelque chose clochait et elle se figea. On lui avait tiré un bain, mais elle ne se souvenait pas d'en avoir demandé un. Elle pénétra plus avant dans la pièce et vit des pétales rouges à bordure orange qui flottaient sur l'eau comme une couverture colorée. Elle les regarda, choquée, puis sursauta quand Lawrence émergea de derrière le paravent. Il plaça un doigt sur ses lèvres pour la réduire au silence. Tout sourire, elle se rapprocha de lui sur la pointe des pieds.

— Comment êtes-vous entré ici ?

Du menton, il désigna la fenêtre de sa chambre, qui était toujours ouverte.

— Quand j'étais jeune, mon frère Lucien m'a enseigné l'importance de savoir escalader des treillis.

— Oh ? Était-ce pour faciliter la séduction des jeunes femmes ? demanda-t-elle.

— Dans le cas présent, une femme en particulier.

Il désigna la baignoire.

— Il est confortablement chaud. J'ai pensé qu'après ce soir, vous pourriez en avoir besoin pour vous détendre.

— C'est une idée fantastique ! Voulez-vous me rejoindre ?

Elle lui tourna le dos pour déboutonner sa robe.

— Si c'est ce que vous voulez.

Elle sourit d'un air espiègle.

— Et si je vous dis de vous contenter de regarder ?

Il se pencha et mordilla son épaule nue.

— Alors je subirai la douce souffrance de me contenter de regarder.

— Heureusement pour vous, je ne souhaite pas vous voir subir d'atroces souffrances.

Elle laissa la robe tomber à terre à ses pieds.

— Du moins aujourd'hui.

Bientôt, ils étaient tous les deux étendus dans la baignoire. Elle se cala contre lui, leurs mains jouant avec les pétales. Zehra souleva un pétale orange et examina les couleurs de près.

— Où les avez-vous trouvées ? Ce ne sont pas des roses anglaises.

— Quand vous m'avez parlé des roses de chez vous, j'ai fait tous les fleuristes de la ville pour trouver des roses de Perse. Je suis à présent en possession de plusieurs plantes dans une serre dans mon jardin. Bientôt, elles vous appartiendront.

Zehra mit quelques secondes avant de reprendre ses esprits.

— Vous avez amené une partie de ma maison ici ?

— Pour que votre nouvelle maison soit aussi proche que possible de l'ancienne, répondit-il en lui caressant le cou avec le nez.

— Qu'ai-je fait pour mériter de trouver un homme tel que vous ? demanda Zehra.

— Parfois, deux personnes se rencontrent. Le destin nous a accordé notre chance cette nuit-là, quand je suis entrée dans la Maison Blanche. J'ai cru que j'essayais de vous sauver afin de rectifier des erreurs de mon passé, mais j'avais tort. Je ne savais alors pas que vous seriez le plus beau cadeau de ma vie.

Zehra se retourna sur ses genoux et s'installa à califourchon sur lui. Les pétales colorés ondulèrent autour d'eux à la surface de l'eau. Leur parfum lui montait à la tête de la plus délicieuse des façons.

— Et vous, mon vaurien rebelle, êtes le plus beau cadeau de ma vie. Mon sauveur, mon amant, mon partenaire de vie.

Elle se pencha vers lui, l'embrassant avec toute la passion et l'amour qui brûlaient comme une flamme éternelle dans son cœur, tandis qu'il la saisissait dans son étreinte de vaurien.

MERCI D'AVOIR LU *REBELLE AU CŒUR*. TOURNEZ LA PAGE pour lire le premier chapitre de *Le Comte de Pembroke*, qui reprend l'histoire de James et de Gillian après *La Rébellion du désir* !

LE COMTE DE PEMBROKE

Le jour, Londres était une ville animée. Les calèches filaient sur les rues pavées et des femmes vendaient des fleurs dans des paniers au parfum entêtant tandis que les foules parcouraient les boutiques et rendaient visite à des amis. Mais quand l'obscurité retombait, les ombres jouaient des tours aux yeux des gens assez imbéciles pour parcourir les rues après le coucher du soleil.

Et je compte au nombre de ces imbéciles.

Gillian Beaumont observa l'allée la plus proche. Elle déglutissait difficilement et retenait un cri de terreur chaque fois qu'elle pensait apercevoir dans l'allée quelque chose qui battait comme des ailes de chauve-souris. La calèche qu'elle avait prise jusqu'au quartier de Temple Bar était déjà partie, la laissant seule. Les feuilles du début de l'automne étaient épar-pillées par terre, s'accrochant à ses jupes comme des araignées brunes, la faisant sursauter. Elle saisit sa robe sous les genoux et secoua le tissu, essayant de déloger les feuilles séchées de sa robe en satin violet foncé. Puis elle observa les alentours. Elle se tenait dans la rue proche de la cour de Justice et l'entrée du salon de thé Twinings.

À travers l'obscurité pesante, elle apercevait le signe doré qui disait *Twinings* et discernait à peine les deux Chinois sculptés dans la pierre au-dessus du nom du salon. Dans les ombres, leurs visages semblaient féroces et Gillian détourna le regard, braquant son attention sur la grande forme noire de la statue d'un griffon. Les ombres qui jouaient des tours à ses yeux la faisaient plutôt ressembler à un dragon.

Elle aurait largement préféré être de retour dans son lit chaud. Endormie. Endormie... et rêvant d'un homme en particulier ainsi que des baisers volés qu'ils avaient échangés et qui continuaient de s'imposer à sa conscience.

James Fordyce. Le comte de Pembroke était un gentleman fringant au cœur d'or et il possédait les yeux bruns les plus chaleureux qu'elle avait jamais vus. Elle sentait toujours ses mains qui s'enfonçaient dans ses cheveux sombres alors qu'il l'embrassait dans le coin d'une librairie et lui murmurait de la poésie. Il était tout ce dont elle avait rêvé sans jamais pouvoir le posséder. Elle était une servante et ne pourrait jamais être davantage. Une douleur dans sa poitrine lui coupa le souffle, mais elle carra les épaules pour la repousser, chose qu'on l'avait entraînée à faire pendant de nombreuses années.

Aussi dangereux que ce soit de rêver de James pour son équilibre personnel, c'était bien plus sûr que ce qu'elle faisait actuellement : poursuivre sa maîtresse sauvage et entêtée, Audrey Sheridan.

Cette nuit-là, Audrey tentait de dévoiler au grand jour un groupe de vauriens qui appartenaient à un club privé connu sous le nom des Pécheurs impies de l'enfer. Quel nom horrible pour un horrible groupe de gentle-men ! En tant que suivante personnelle, les devoirs de Gillian auraient dû se limiter à des tâches comme habiller Audrey, la préparer pour la journée et trouver de nouvelles façons de la coiffer. Elle n'aurait *pas* dû se balader sur le Strand après la nuit tombée avec un masque noir et une robe de soirée violet foncé au corsage terriblement décolleté, à la recherche d'un groupe d'hommes dangereux qui, selon la rumeur, séduisaient des vierges et dédiaient des sacrifices au diable.

— Seigneur, Audrey, dans quoi vous êtes-vous four-rée ? marmonna Gillian.

Elle examina rapidement les adresses des bâtiments environnants. Elle se remémora l'adresse sur une lettre qu'Audrey lui avait montrée plus tôt dans la matinée et qui indiquait comment se rendre au club.

La lettre disait que le club était à l'intérieur d'un grand immeuble blanc, à deux portes du salon de thé Twinings. Le heurtoir était un visage de gargouille en fer qui grimaçait à tous les visiteurs. Quand elle atteignit le bâtiment insignifiant qui était censé accueillir le repère d'adorateurs de Satan, Gillian étudia la porte. Son cœur s'arrêta de battre pendant un instant alors que sa nervosité menaçait de la clouer sur place.

Elle n'avait plus d'autre choix que d'entrer. Audrey, sa maîtresse rebelle, était également son amie. Plus tôt dans la soirée, elle avait promis à Gillian qu'elle ne se rendrait pas dans cet endroit. Pourtant, quand Gillian s'était réveillée et avait découvert l'absence d'Audrey, elle avait deviné où la jeune femme s'était rendue.

Elle m'a menti. Elle a probablement eu l'idée absurde qu'elle me protège, mais ce n'est pas le cas.

Gillian se serait précipitée dans les feux de l'enfer pour protéger sa maîtresse. Elles avaient le même âge – dix-neuf ans seulement – et dans une autre vie, elles auraient même pu être amies proches. Elles seraient allées prendre le thé à Gunter et auraient assisté à des bals ensemble.

Dans une autre vie... Si elle était née héritière du domaine de son défunt père au lieu d'être la fille d'une des maîtresses d'un comte.

Adam, son demi-frère, était à présent le comte de Morrey, et sa demi-sœur Caroline ne savait même pas qu'elle existait. L'ancien comte de Morrey avait pris la peine de loger sa maîtresse de toujours, la mère de Gillian, dans une jolie maison de Mayfair, et il avait même pris en charge l'éducation de Gillian. Pourtant, même avec ce soutien, son avenir avait été limité.

Gillian leva une main gantée vers la gargouille grotesque et toqua avec le heurtoir à deux reprises. Elle patienta sans respirer, tout en tremblant en songeant à la nature des hommes qui étaient à l'intérieur. Quand la porte s'ouvrit enfin, un majordome au visage sombre la dévisagea des pieds à la tête avant d'afficher un sourire carnassier.

— C'est un peu tard, mais peu importe. Ce soir, ils ont beaucoup d'énergie pour voir *toutes* les femmes.

Il lui fit signe d'entrer. Gillian hésita avant de s'avancer d'un pas prudent. Elle eut la chair de poule quand le majordome s'approcha de trop près, l'enfermant à l'intérieur. Elle essaya de ne pas songer à ce que son accueil impliquait.

— Par là.

Le majordome la guida le long du couloir vers une chambre et il lui ouvrit la porte pour qu'elle entre. Le salon – si on pouvait l'appeler de la sorte – était décoré bizarrement avec des meubles en brocart noir et ses murs de satin rouge. Ces hommes douteux essayaient certainement de créer une atmosphère impie et séduisante, mais au lieu d'être de bon goût, c'était plutôt vulgaire. Pourtant, ils étaient clairement prêts à recevoir des invités. Un feu était allumé et un plateau à thé était posé sur la table.

— Fraîchement préparé, lui assura le majordome. Servez-vous. Quand ils seront prêts, on viendra vous chercher.

Gillian murmura un remerciement et s'installa sur

le canapé. Elle leva à nouveau la main pour s'assurer que le masque n'avait pas glissé. Il était toujours bien attaché sur ses traits.

Où était Audrey ?

Selon les autres serviteurs de la maison Sheridan, elle était partie une demi-heure avant que Gillian se réveille. Avait-elle requis l'escorte protectrice de Charles Humphrey comme elle avait dit en avoir l'intention ? Gillian l'espérait de tout son cœur. Sans quoi Audrey courait un risque immense. Le comte de Lonsdale était un gentleman éminemment fiable, mais il possédait une réputation de rebelle qui lui garantirait l'entrée dans ce club.

Plus tôt dans la journée, Gillian et Audrey avaient été prévenues par un homme de leur connaissance de ne pas se rendre au Hellfire club ce soir-là. Un de ses membres, Gérard Langley, avait juré de se venger d'Audrey, ou plutôt de Madame Société, l'identité secrète de cette dernière comme rédactrice d'une chronique de société. Elle avait détruit sa réputation. Ses remarques dans la rubrique de Madame Société avaient été exactes et honnêtes, mais l'ostracisme de toute la bonne société avait rendu désespérée l'envie de Langley de prendre sa revanche.

Heureusement, il ne savait pas qu'Audrey était Madame Société, ce qui représentait au moins une petite bénédiction. Audrey et Gillian avaient pourtant été prévenues que Langley attirerait Madame Société dans son repaire diabolique par la menace de débaucher des vierges contre leur gré – entre autres –, et Audrey n'était pas du genre à tourner le dos à un défi. Heureusement, elles avaient eu un plan dont elles avaient décidé plus tôt dans la matinée. Elles devaient prendre contact avec plusieurs femmes membres de ce ridicule club clandestin et changer de place avec elles moyennant une rémunération conséquente. Pourtant, après les aventures de la journée et les dangers qu'avait affrontés Gillian quand un homme l'avait attaquée – un homme qu'elle soupçonnait de collaborer avec Gérald Langley –, Audrey avait promis d'abandonner ses intentions de se rendre au club ce soir-là. Pourtant, quand Gillian s'était réveillée après sa sieste, elle avait découvert que sa maîtresse était partie. Audrey avait-elle contacté une de ces femmes ? Visiblement, oui.

Sentant l'inquiétude croître au creux de son ventre, Gillian se redressa et fit les cent pas dans la pièce. Elle n'aimait pas se retrouver seule et encore moins ne pas savoir où se trouvait Audrey. Elles étaient censées être là ensemble, affronter les dangers de ce club côte à côte. Elle se mordit légèrement la lèvre et au bout d'un moment, décida de prendre une petite tasse de thé. Elle prépara rapidement une tasse et la but, espérant apaiser sa nervosité. Puis elle la reposa, détestant l'amertume et regrettant l'absence de sucre. Il n'y avait même pas de pichet de lait. Seuls de véritables diables serviraient du thé sans lait ou sucre !

Gillian était incapable d'ignorer la chaleur étouffante du feu. La maison était silencieuse, à part les aboiements de rire occasionnels d'un homme dans une autre pièce. Chaque fois qu'elle entendait ce son, elle se crispait.

Une partie du mur se détacha soudain, se révélant être une porte. Il en émergea une silhouette vêtue d'un pantalon noir, d'une chemise blanche et d'un gilet noir. Il portait un masque de même couleur qui présentait les contours délicats d'un visage de diable peint en rouge sur fond noir.

— Bonsoir, ma chère, ronronna cet homme en lui tendant une main.

Ses longs doigts étaient blancs et étrangement menaçants.

Gillian déglutit.

— Mon amie et moi étions censées venir ensemble. Elle devait porter une robe rouge. Est-elle déjà là ?

— Ah...

L'homme plissa les lèvres.

— La femme à la robe rouge. Elle est là. Elle vous attend.

Le masque ne faisait pas grand-chose pour dissimuler la cruauté dans ses yeux et elle frémit.

— Elle m'attend ?

Gillian aurait voulu avoir ne serait-ce qu'une petite indication de ce qui allait arriver, mais elle n'avait rien. Elle se jetait la tête la première dans ce monde sombre et dangereux peuplé de diables.

L'homme recourba les doigts de sa main toujours ouverte, lui faisant signe de s'approcher.

— Oui, nous nous apprêtions à entamer le festin.

Gillian s'approcha de lui et il prit une de ses mains gantées. Elle l'autorisa à la guider à travers l'obscurité.

James Fordyce, comte de Pembroke, observa les tables de jeu dans ce lieu de rassemblement privé dont l'existence, aux dires du tout Londres, n'était qu'une rumeur : le club des Comtes Dévoyés. Les membres pouvaient être identifiés par une petite broche argentée qu'ils portaient à leurs cravates. Autrefois, cela avait été la guilde d'hommes importants et puissants qui se rassemblaient en secret pour négocier et remporter des faveurs, mais leur raison d'être s'était corrompue. Ce n'était pas un endroit de malveillance ou de mal, mais en regardant autour de lui, James trouva une certaine noirceur. Des hommes observaient leurs cartes qui se retournaient, les bouteilles abondaient sur les tables, une femme était parfois enroulée au bras d'un homme, ses seins se déversant pour plaire au regard de tous les hommes présents. C'étaient ces âmes brisées et perdues qui créaient cette noirceur.

Des âmes comme la mienne.

James reconnut la silhouette sombre qui se détachait au fond de la pièce. C'était le comte de Coventry, le leader de leur club. Celui-ci le salua d'un léger hochement du menton. James lui rendit son geste du menton et observa à nouveau la pièce. Les rangs du club avaient diminué ces dernières années, et il sourit en songeant à tant de ses amis qui avaient pris épouse. Épouser une femme comme il faut était l'astuce pour tenir les hommes éloignés de ce genre de clubs.

— Coventry a l'air content de lui, marmonna quelqu'un à côté de James.

À sa gauche, il vit son ami, Pierce Chamberlain, le comte de Wainthorpe.

— Wainthorpe, je ne m'attendais pas à vous croiser ce soir. Je pensais que vous comptiez parmi ceux qui avaient la chance de nager dans le bonheur conjugal.

Wainthorpe lui adressa un sourire qui fit s'éclaircir la petite cicatrice sur sa tempe.

— Je ne crache pas sur le bonheur, mais si vous osez souffler mot à qui que ce soit... gronda Wainthorpe.

La réaction de son ami fit rire James. Wainthorpe jouait les durs, mais il avait rarement rencontré un homme qui se laissait attendrir aussi facilement.

— Je garderai votre secret comme si c'était le mien, promit James. Que voulez-vous dire à propos de Coventry ?

Wainthorpe croisa les bras et fronça les sourcils.

— Chaque fois que l'un d'entre nous se fait passer la corde au cou, il se met à sourire jusqu'aux oreilles comme s'il avait joué un rôle dans notre mariage ou qu'il en tire un certain profit. Très étrange.

Pendant un moment, aucun des deux ne parla.

— Qu'est-ce qui vous amène ici ce soir, Pembroke ?

— J'essaie de noyer mes peines, répondit James d'un ton sardonique.

Si l'amertume sous-tendait ses paroles, c'était parce qu'elles étaient vraies. Plus tôt dans la journée, il avait rencontré la femme la plus merveilleuse du monde et l'avait promptement *perdue*. Gillian Beaumont restait pour lui un vrai mystère et il craignait de ne plus jamais la revoir.

— Oh, Seigneur, venez prendre un verre avec moi et racontez-moi tout ! En tant qu'homme marié, je peux vous fournir de judicieux conseils à propos du beau sexe. Cela dit, ils ne vaudront pas grand-chose.

Les taquineries de Wainthorpe refirent sourire James. Ils prirent deux chaises à une table suffisamment loin des joueurs afin de pouvoir discuter sans être distraits par la partie. Une bouteille de scotch et quelques verres étaient posés sur un plateau d'argent. Ils trinquèrent pour porter un toast et avalèrent chacun une gorgée.

— Allons, faites-nous part de vos chagrins.

James soupira.

— Aujourd'hui, j'ai rencontré une femme chez la modiste. J'étais avec ma sœur, Letty, et nous avons fait la connaissance de Miss Gillian Beaumont. Vous ne la connaîtriez pas, par hasard ?

Il avait passé la soirée à demander à tous les gens de sa connaissance si ce nom leur était familier et jusqu'ici, personne ne lui avait fourni la moindre réponse positive.

— Beaumont ?

Wainthorpe fit rouler ce nom sur sa langue, testant sa sonorité.

— Je connaissais un homme appelé Beaumont : le comte de Morrey. À présent, c'est son fils Adam qui porte le titre. Un homme bien. Sa sœur est très jolie, mais son nom est Caroline. Pas Gillian.

— Peut-être une cousine éloignée ? se demanda James à voix haute.

— Peut-être.

Wainthorpe se versa un autre verre.

— Je pourrais mettre mes cousines sur la question. Elles sont douées pour retrouver la trace des dames.

James s'esclaffa.

— Que le ciel vienne en aide à tous ceux qui essaieraient d'échapper à vos cousines formidables... quoique ravissantes, se dépêcha d'ajouter James de peur de contrarier son ami.

— Alors, cette dame vous a retourné le cerveau, dites-vous ?

— Effectivement.

Retourné le cerveau était la formulation adéquate. Après avoir dérobé quelques baisers dans une librairie, il sentait encore ses lèvres contre les siennes comme une présence fantôme et leur goût savoureux le hantait toujours. Si la retrouver était simplement une question de curiosité attisée par le désir, cela aurait été une chose, mais il avait la sensation horrible qu'elle courait un terrible danger. Et il ne pouvait pas supporter cette idée, pas s'il avait le pouvoir de la protéger.

Plus tôt dans la soirée, il l'avait escortée chez elle après qu'elle eut reçu une lettre à Gunter. Quand il l'avait laissée sortir de la calèche, elle avait été attaquée par un poltron de bas étage qui l'avait assommée, et la lettre qu'elle avait reçue avait été volée. Quand James lui avait demandé des détails, elle avait refusé de lui faire part de quoi que ce soit. Il n'avait pas eu d'autre choix que la déposer chez un ami – le vicomte Sheridan – puis elle avait disparu. Il avait l'intention d'aller trouver Cédric Sheridan le lendemain pour demander qui était sa mystérieuse invitée et pourquoi elle courrait un danger.

— Bon, vous pouvez entamer votre quête demain, n'est-ce pas ? Il ne fait pas bon être dans les rues ce soir. Gérard Langley – celui dont Madame Société parle dans sa rubrique – se rend au Hellfire Club qu'il dirige. Parfois, ils sont un peu turbulents et descendent dans les rues. Tous ceux qui croisent leur chemin risquent le danger. Ils ont quasiment tué un homme voici quelques mois. Ils s'apprêtaient à le jeter dans la Tamise quand la police est arrivée sur les lieux.

— Quoi ? C'est horrible !

James se souvint d'avoir lu quelque chose sur ce Langley. Cet homme avait fait un pari avec... Le sang de James se glaça dans ses veines. Langley avait promis de fortes sommes à quiconque séduirait une dame appelée Alexandra Rockford.

L'ami de James, Ambrose Worthing, avait relevé le défi, mais uniquement pour sauver cette dame. Il avait plus tard avoué son implication dans la rubrique de Madame Société. Cette chronique avait irréparablement souillé la réputation de Langley. Celui-ci avait propagé des rumeurs partout en ville qu'il ne se contenterait pas de dévoiler l'identité de Madame Société, mais lui ferait également du mal.

Et dans la journée, Ambrose Worthing avait donné à Gillian un mot qui avait débouché sur son attaque. *Elle ne peut pas... elle n'est quand même pas Madame Société ?*

— Où se réunit le Hellfire Club de Langley ? demanda James, priant pour que Wainthorpe soit au courant.

— Sur le Strand, m'a-t-on dit. Quels diables ! Langley aime attirer des vierges en leur promettant de trouver des maris riches. Et puis, vous savez...

Wainthorpe n'acheva pas, mais le pli sombre qui barrait son front révélait à James tout ce qu'il avait besoin de savoir.

Il quitta sa chaise d'un bond.

— Je dois y aller. Merci pour la boisson.

— Où allez-vous ?

Toujours inquiet, Wainthorpe se redressa du même mouvement.

— Arrêter Langley. Je soupçonne ma mystérieuse Miss Beaumont d'être Madame Société.

— Quoi ?

Wainthorpe en resta bouche bée.

— Avez-vous besoin que je vous accompagne ?

— Non, retournez auprès de Bianca. Dieu seul sait quels troubles la soirée m'apportera. Je ne veux pas mettre votre réputation en jeu et je soupçonne qu'amener d'autres personnes risquerait d'accroître les dangers que je cours et pas le contraire.

James lui sourit.

— Faites-moi quérir si vous avez besoin de moi, lui cria Wainthorpe alors qu'il quittait le club.

James héla un fiacre en descendant à la hâte les marches du porche. Une fois parvenu sur le trottoir, il dit au cocher de l'amener au Strand. Il priait pour qu'il ne soit pas trop tard.

À PROPOS DE L'AUTEUR

Auteure à succès reconnue par USA Today, LAUREN SMITH vit dans l'Oklahoma. Avocate le jour, elle écrit la nuit des histoires d'amour aventureuses à la lumière de son smartphone. Elle a su qu'elle était destinée à écrire de la romance lorsqu'elle a tenté de réécrire l'intégralité du film *Titanic* juste pour sauver Jack de la noyade. Elle aime toucher ses lecteurs avec des romances émouvantes, réalistes et coquines se déroulant à différentes périodes historiques. Elle a remporté de nombreux prix dans plusieurs catégories de romance, notamment le New England Reader's Choice Awards et le Greater Detroit BookSeller's Best Awards. Elle a été quart-de-finaliste de l'Amazon.com Breakthrough Novel Award et demi-finaliste du Mary Wollstonecraft Shelley Award.

Pour entrer en contact avec Lauren, rendez-vous sur son site https://laurensmithbooks.com/genre/french/ ou sur son compte Twitter @LSmithAuthor.

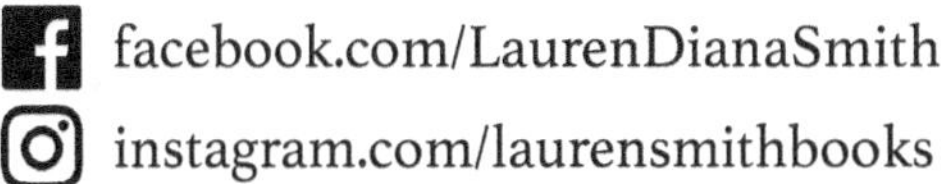